新潮文庫

# 島抜け

吉村　昭著

# 目次

# 島抜け

# 島抜け

# 一

天保《てんぽう》十五年（一八四四）六月二日朝、大坂の町の一郭にあわただしい人の動きがみられた。

甲高い声が交錯して路地や家々から人が飛び出し、道の両端に身を寄せ合って、道を行く十四挺《ちょう》の駕籠《かご》の列を好奇とおびえの眼で見つめている。それらは、あきらかに囚人護送用の駕籠で、青網がかけられ、両脇《りょうわき》に同心がつき、棒を手にした小者たちも前後をかためていた。

駕籠の中には、青細引で後ろ手にしばられた男たちの姿が青網を通して見え、頭《こうべ》を垂れている者もいれば、家並に視線をむけている者もいる。顔は青白く、頬がこけていた。

道の両側にひしめく町の者たちは、駕籠に乗せられた囚人たちが、遠島刑に処せられた者たちであるのを知っていた。道は安治川《あじがわ》に架った橋に通じていて、島送りになる者は橋を渡った所にある船手番所で改めを受け、船に乗せられるのが習いであった。

人々の推測通り、かれらは遠島刑を申渡された者たちで、同じ船で十四人という多くの囚人が送られるのは異例であった。

大坂の東西町奉行所扱いの遠島刑者の流刑地《るけいち》は、薩摩《さつま》諸島、肥前《ひぜん》の五島《ごとう》、壱岐《いき》とされていて、その年によって異なるが、かれらは、薩摩藩領の種子島《たねがしま》に送られる者たちであった。

島への護送は、薩摩藩にすべてが一任され、大坂の東町奉行水野若狭守《わかさのかみ》（道一）から薩摩藩大坂蔵屋敷の留守居にその旨《むね》が書面で伝えられ、船の用意をするよう指示されていた。

島送りの日が近づき、藩では大型回船を雇い入れ、舟櫓《ふなやぐら》の前に頑丈な船牢《ふなろう》をつくり、内部に三尺（九〇センチ）四方の詰《つめ》（便所）ももうけた。それを奉行所に報告すると、与力が出張して船牢を入念に見分し、規定通りのものであるのを確認して証書を藩の蔵屋敷に渡した。護送責任者には、藩の横目《よこめ》久保伝次郎が任命された。

準備がすべてととのい、牢屋敷では、囚人に近々島送りになることを告げ、親族から差入れを受けたい者は申出るよう伝えた。囚人たちは希望の金品を述べ、牢役人がそれを記録し、町奉行所を通じて親族に通知した。

差入れは、一人につき米二十俵、金は二十両までとされていて、その他雨傘、履物、煙管《きせる》が許された。親族から差入れのない者には、奉行所から金二分があたえられ、また全員に膳椀《ぜんわん》一人前、半紙二帖《じょう》、薬品が渡されることになっていた。これらの金品は、それぞれ叺《かます》に入れて、囚人名を記した木札をつけることが定められていた。

出帆前日、奉行所から二人の与力が牢屋敷におもむいて、牢屋敷与力二名の立会いのもとに、囚人たちに明日出帆することを申渡し、かれら全員を大牢から揚り屋内の遠島部屋に移した。そこで一人一人に差入れられた金品を伝え、市中から呼ばれた髪結いがかれらの髪をととのえ、髭《ひげ》を剃《そ》った。

その日早朝、囚人たちは後ろ手にしばられて駕籠に乗せられ、警護の者たちとともに牢屋敷の裏門を出たのだ。

駕籠の列は家並の間を進み、やがて安治川橋にかかった。川の下流方向の安治川河口には十艘《そう》近い大小の回船が碇泊《ていはく》し、その後方に陽光に輝やく海のひろがりが見えた。川べりには船問屋の蔵が隙間《すきま》なく並び、岸に艀《はしけ》がつらなっていた。

駕籠の列は橋を渡り、左方向の道をたどって船手番所の前でとまった。

牢屋敷同心が番所に入って船手番所頭への囚人引渡しの書類を渡し、所定の手続きを終えた。同心は小者に囚人たちを駕籠から引き出すよう命じ、路上に出た囚人たちは縄で数珠《じゅず》つなぎにされた。

それを水手同心《すいしゅ》が受取り、囚人の列は岸ぞいの道を進み、岸に接して碇泊している船の前で足をとめた。それは薩摩藩が雇った回船で、囚人たちがやってくるのを待っていた護送指揮の横目久保伝次郎が、輩下の者たちと船上に立っていた。

囚人たちが、水手同心たちの警護のもとに、岸と船に渡された踏み板を一列になって渡った。

船に乗ったかれらは、縄をとかれて次々に船牢の中に押しこめられ、扉に大きな錠がかけられた。木札のついた叺も船内に運び込まれた。

船頭は、囚人たちの到着と同時に出船する手筈《てはず》をととのえていたらしく、水手同心たちが岸にもどると、

「碇《いかり》をぬけ」

と、大きな声で水主《かこ》たちに命じた。

水主たちがすぐに碇綱にとりつき、一番碇についで二番碇をあげた。船が岸をはなれ、川の流れに押されてかすかにゆらいだ。

「帆をあげろ」

船頭の声に帆綱が轆轤《ろくろ》で巻きあげられ、帆が徐々にあがって微風をうけ、わずかにふくらんだ。

船は、河口方向に動きはじめ、水苔《みずごけ》におおわれた澪標《みおつくし》の両側に並ぶ水路の間を進み、やがて湾内に出た。

風は弱いながらも順風で、船は舳先《へさき》を西にむけた。

船は多くの島が点在する瀬戸内の海を進んだが、その動きは遅々としていた。無風の日が多く、やむなく港に入ったり島かげで沖がかりをしたりして風待ちをした。時には激しい風波にさらされて、近くの港に退避し、日和《ひより》の恢復《かいふく》を待つこともあった。

陸岸も島も濃い緑におおわれ、海面には漁船が点々と見える。時には終日雨が降り、俄《にわ》か雨が通り過ぎることもあった。

囚人たちは、ほとんど口もきかず船牢の中ですごしていた。食物は握り飯二個と味《み》噌《そ》で、時には生野菜や塩蔵の雑魚《ざこ》が牢格子《ろうごうし》の間から差込まれた。

薩摩藩の者たちは島送りになる囚人を哀れに思っているらしく、扱いはおだやかで、毎日必ず体調をたずね、故障を訴える者があるとそれに応じた薬をあたえる。牢外から親しげに声をかける小者もいた。

囚人たちの最大の関心事は、流刑地である種子島がどのような島であるかであった。それをたずねると、小者たちは、実情を詳しくは知らないが、と前置きして、南の島であるので暖かく、米、芋に恵まれ、むろん魚介類も豊富だときいている、と答えた。その言葉に囚人たちは安堵《あんど》の表情を浮べながらも、孤島に送られる不安の色は濃かった。

囚人たちは、退屈まぎれに自分の生い立ちを言葉少く口にし、どのような罪で遠島刑の申渡しを受けたかを述べる。それを他の者たちは、無言で耳をかたむけていた。

かれらの中で、五十年輩の男は特異な存在であった。出帆前日、牢屋敷の遠島部屋で役人が各自に差入れられた金品を囚人に伝えたが、差入れのない者もいる中で男への差入れは五両近くもあり、さらに米三俵とその量が際立《きわだ》っていた。

男は色が白く、端正な顔立ちをしていて、気品すら感じられた。囚人たちがあぐらをかいたり寝ころがっている中で、かれは背筋をのばし正坐《せいざ》していた。

かれが入牢したのは昨年の五月二日で、他の囚人とは異なった風貌《ふうぼう》のかれは注目の的になった。言葉づかいが正しく、絶えず膝《ひざ》をくずすこともなく坐《すわ》っている。どのような素姓の者か、牢名主が興味をいだいて問いただし、概略があきらかになった。

男は富三郎と言い、大坂高津町の綿屋仁兵衛の借家に住み、

「生業《なりわい》は」

という牢名主の問いに、

「講釈を読ませていただいておりました」

と、答えた。

その言葉に、牢名主をはじめ牢内の者たちは、男が膝に手を置いて端坐し、一語一語が折目正しいのも当然だと思った。

さらに牢名主がどのような名で講釈をしていたかをたずね、瑞龍《ずいりゅう》と男が答えたことが、牢内をはじめ他の牢にも波紋となってひろがった。

囚人の中には講釈に興味をいだいている者もいて、大坂では周蔵、燕林、有斎とともに瑞龍は講釈師として名が高く、軍談を得意としていることも知っていた。

講釈は、歴史、世相、人情等を解説して伝える庶民への啓蒙《けいもう》を旨としていて、講釈師は豊かな知識と見識をもつ格式高い存在として見られていた。そのため瑞龍は、牢内の者たちから丁重な扱いを受けるようになった。

入牢後、瑞龍は白洲《しらす》に引き出されて吟味を受けていたが、秋も深まった頃、遠島刑を申渡された。

それを知った牢名主が、

「どのような科《とが》で……」

とたずねると、瑞龍は、

「読みました講釈が御公儀の御機嫌をそこねまして……」

と、答えただけであった。

その後、瑞龍は、心の動揺もないらしく淡々とした表情ですごし、島送りの日を迎えた。

かれに対する差入れの金品が多かったのは、贔屓《ひいき》の客たちが持寄って贈ったものにちがいなく、瑞龍の華やかだった生活をうかがわせた。

船牢の中で端坐するかれは、時折り薄く眼を閉じ、講釈を読んでいた日々のことを反芻《はんすう》していた。

講釈は、寺や神社でおこなわれていたが、そのうちにそれらの境内に講釈場がもうけられ、かれが最後の講釈を読んだのは、格式が高いとされている六講釈場の一つの法善寺の席であった。

講釈場は、土間に畳敷きの縦長の席がいくつか設けられ、客は三十六文の木戸銭を払って履物を脱いでそこに坐る。小屋の中で客が楽しみにしているのは客席をまわって売られるかき餅《もち》茶で、焼いたかき餅を熱い湯を注いだ茶碗《ちゃわん》に入れ、それを箸《はし》で口に運ぶ。

講釈場で瑞龍は、六ツ半（午後七時）に高座にあがり、客と世間話をし、その間に客の数が増すと張り扇をたたき、軽い講釈を読む。それが終る頃には、客席もほぼ埋って瑞龍は本格的な講釈に入るのが常であった。

かれは、講釈が幕府の庶民に対する宣伝の具に利用されている傾きがあるのをあきたらなく思うようになっていた。幕府は常に治安の平穏を願い、そのため、庶民が親しむ芝居や物語本などにきびしい監視の眼をそそぎ、少しでも幕府政治に抵触するものがあると認められた場合には、それらの上演、刊行を差しとめ、演者や作者に厳罰をもってのぞんでいる。講釈に対しても庶民に物の道理、実態を説く性格をもつ話芸だけに、神経過敏であった。

大塩平八郎の乱を読み物に仕組んだ講釈師が奉行所から差しとめられてきつい叱責《しっせき》を受けたように、起った事変を題材にした講釈は、政治に少しでもふれたと解されると容赦なく取締りの対象となる。ロシアの蝦夷地《えぞち》侵入をとりあげて「北海異談」という講釈本を書いた南豊は、幕政の批判者として獄門に処せられたほどであった。

そうしたことから、講釈師は、幕府政治に対する批判は一切避け、幕府におもねる姿勢をとってそれを賛美する傾きが濃かった。

瑞龍は、政治についてとやかく考えることはなかったが、講釈本の「難波《なにわ》戦記」の内容に大きな不満をいだいていた。それは、豊臣家を滅亡に追いこんだ大坂冬の陣、夏の陣を記した講釈本であった。

徳川家が天下を支配してその体制がゆるぎないものになると、豊臣家に関することはすべてが悪とされ、「難波戦記」も大坂の陣での徳川方の勝利をつたえることに終始していて、豊臣家の愚かな動きが誇張されて記されている。そのため「難波戦記」は、豊臣家に親密感をいだく大坂人に人気がなく、講釈師も読むことが少かったが、瑞龍はあえてそれを採り上げてみようと思った。

大坂城をめぐる攻防は、徳川方の強大な武力を背景とした威嚇《いかく》と狡猾《こうかつ》な工作によって推し進められたものだ、と瑞龍は解釈していた。家康は老齢であったが、ほとんど負け戦さを知らぬために好戦的で、猫が足の萎《な》えた鼠《ねずみ》を弄《もてあそ》ぶように豊臣家を扱い、朝廷の和議仲介も素気《そっけ》なくしりぞけている。

大坂冬の陣では、講和条件として大坂城の本丸のみを残して二の丸、三の丸を取りこわすことが定められたが、徳川方は、不当にも濠《ほり》の埋め立てを強要し、城そのものを丸はだかにさせた。

それによって夏の陣が起り、城は落城して豊臣家は消滅した。

冬、夏の陣で繰りひろげられた戦闘は、徳川方の勝利につぐ勝利とされていたが、豊臣方の将兵の奮戦ぶりは、しばしば徳川方の軍勢をおびえさせた。ことに夏の陣では、真田幸村《さなだゆきむら》の軍勢が茶臼山《ちゃうすやま》におかれた家康の本陣を急襲し、恐れおののいた家康守備の者たちは三里（一二キロ）ほども追い散らされた。

この茶臼山の戦さについて「難波戦記」の記述は短く、しかも真田勢の攻撃に徳川方の軍勢は「少しも動ぜず」とし、真田勢は死体の山をきずいて「真田も終《つい》に討たれ」とむすばれている。

この地の攻防で家康が死の危険にさらされたことは語りつがれた事実であるのに、それを「難波戦記」では幕府の眼を恐れて徳川方の勝ち戦さとし、講釈師もそのまま受け容《い》れて読んでいる。

瑞龍は、大坂の住人としてその記述に苛立《いらだ》ちをおぼえていた。それは豊臣家の名誉を不当に踏みにじるもので、大坂人への侮蔑《ぶべつ》でもある。講釈師は、事実をゆがめることなく庶民に伝えるのが使命であり、茶臼山の戦さを史実に即して読みたいと思った。

茶臼山の戦さが主体となるが、その戦闘をふくむ夏の陣がどのようにして起ったかをまず読むべきだと思った。

冬の陣では、家康側が大坂城を完全に包囲し、それによって講和条件を豊臣側に強要した。重要な条件は城の濠を埋めることで、豊臣側は外濠のみと考えて受諾したが、徳川側は内濠も同様であると主張し、諸大名の労働力を総動員して内濠を埋める工事を強行した。

この暴挙に豊臣方の将兵は憤激したが、家康の態度は強硬で、さらに豊臣氏が大坂城を出て大和または伊勢《いせ》に移るようにという要求を突きつけた。家康は、強大な武力を背景に豊臣氏を威嚇し、完全消滅をはかったのだ。

豊臣方の将兵の怒りは抑えがたいものになって、それが夏の陣となった。

このいきさつを読むことは、茶臼山の戦さを一層際立たせるのに大きな効果がある、と考えた。真田幸村ひきいる軍勢は、無勢ながら怒り狂ってはるかに優勢な徳川方の軍勢と戦い、家康のいる本陣の茶臼山に殺到する。

かれは記録を検証し、概略を記した点取りを作って稽古《けいこ》を繰返した。講釈は、連夜のつづき物として読むのが習いで、客の心を引きつけさえすれば次の夜も客は講釈場に足を運んでくる。茶臼山の戦さを頂点とするその講釈は、客受けすることはまちがいない、と思った。

読むことに自信をいだいたかれは、法善寺境内にある講釈場の主人に軍記の講釈を高座にかけたいと申入れ、人気の高い瑞龍だけに主人は喜んで承諾した。

その日、講釈場の軒に瑞龍の名を朱の色で記した角行灯《かくあんどん》がかかげられ、三人の弟子に七ツ（午後四時）から講釈をはじめさせ、六ツ半（午後七時）すぎに瑞龍は高座にあがった。いつものように客と雑談後、軽い講釈を読み、その頃には客の姿も徐々に増して、瑞龍はいったん高座からおりて再びあがり、大坂冬の陣で徳川方が豊臣方の軍勢を圧迫し、城の包囲態勢をかためたことから読みはじめた。

瑞龍の講釈は、弦《つる》が強く張られたような緊張感があるのが特色で、それに魅せられた客の入りは良かったが、人気のない「難波戦記」を読むのか、という拍子抜けしたような表情が客の顔にあらわれていた。

瑞龍は、客足を気にかけながら連夜、高座にあがったが、冬の陣以後の講和の動きを読むようになると、客の表情にあきらかな変化が生じた。徳川側の狡猾な威嚇によって豊臣側が押しに押されて講和が成立する経緯に、客は腹立たしさを感じるらしく、瑞龍に視線をむけている。そのような事実があったことは語りつがれていたが、徳川側を率直に批判する講釈をきいたことはなく、これまできいてきた「難波戦記」とちがうことに客たちは新鮮な印象をいだいたようだった。

その頃から、客の入りが徐々に増しはじめ、濠の件《くだり》に話が及ぶと、客席には異様な空気がひろがった。外濠のみならず内濠も強引に埋める徳川側の動きに、客の顔には一様に憤《いきどお》りの色が浮んでいた。

やがて夏の陣の戦さがはじまり、瑞龍は真田幸村の動きを丹念に追い、それにつづいて茶臼山の戦さの読みにかかった。

かれの色白の顔は紅潮し、張り扇をたたいて茶臼山をめぐる徳川方と真田の軍勢の陣容を読んだ。講釈は迫力にみち、それが人の口から口に伝わったらしく、連夜、講釈場は大入りとなった。席主は木戸銭の四割、講釈師は六割が取り分になっていて、席主は喜び、瑞龍も客の熱っぽい反応に満足していた。

やがて真田勢の茶臼山におかれた本陣へのひそかな接近に入り、瑞龍の声の張りが一層増した。

その夜、読み終えた瑞龍は、

「明夜、このつづきを読ませていただきます」

と言って頭をさげたが、客席は静まりかえり、客たちが身じろぎもせず高座に視線を据えているのを見た。

瑞龍がおもむろに立ち上がって高座をおりかけた時、突然静寂がやぶれて激しい拍手が起り、得体の知れぬ声が客の間から噴き上がった。

瑞龍は驚いて立ちどまったが、再び頭を深くさげて高座をおりた。

客席からの拍手はつづき、かれは楽屋で放心したように立っていた。やはり、城の内濠まで埋めた徳川側の動きを読んだことで客の憤りはつのり、真田勢の茶臼山への奇襲に爽快感《そうかい》をいだいたことはあきらかで、瑞龍は講釈の構成が当を得ていたのを知った。かれにとってこのような客の反応は初めてのことで、胸が熱くなり、涙ぐんだ。

翌日は夕方早くから客がつめかけ、札止めになった。

高座にあがった瑞龍は、自信をいだいて真田勢の奇襲を読みはじめた。将兵たちは、徳川方の兵を蹴散《けち》らし、茶臼山の本陣に殺到する。その奮戦ぶりを読む瑞龍の眼は鋭い光をおび、張り扇は連続的に釈台をたたき、声が場内にひびく。

札止めの夜がつづき、客は息を殺して聴き入る。その姿に、瑞龍は熱っぽい口調で茶臼山の激戦を読みつづけた。

奇襲に狼狽《ろうばい》した徳川方の軍勢は、真田勢の死を恐れぬ攻撃に総崩れとなって散り散りになり、少数の守備の者しか残らぬ本陣で家康は顔を蒼白《そうはく》にして身をふるわせた。

しかし、多勢に無勢で応援の大軍に真田勢は満身創痍《そうい》になって、ついに真田幸村は闘死する。

その日の戦闘で豊臣方の主力は全滅し、夕七ツ半（午後五時）すぎには大坂城の天守閣も炎に包まれた。

その夜の読みはいつもより長く、読み終えた瑞龍の顔には汗が光り、

「これをもって本日の読みおさめに仕《つかまつ》り、御免をこうむります。明夜よりは、落城後の豊臣家のことを読ませていただきます」

と言って頭をさげた。

激しい拍手と瑞龍をたたえる声が交錯し、瑞龍は何度も頭をさげた。

客にとって、徳川方が潰走《かいそう》し、本陣の家康が押し寄せる真田の軍勢に死を予測して恐れおののいたという茶臼山の戦さの講釈は、初めて聴いたもので、それを読む瑞龍に客たちは興奮し、陶然とした。大坂冬、夏の陣は、豊臣方の敗北につぐ敗北で、豊臣家の滅亡は大坂人の深い傷となって残されていた。そうしたかれらに、瑞龍の読む講釈は、豊臣方の名誉を恢復《かいふく》し、家康が恐怖に身をふるわせたという事実に胸をおどらせたのだ。

瑞龍は、連夜高座にあがっていたが、その講釈を読みはじめてから二十日ほどたった夜、小屋の壁ぎわに立つ二人の男のことが気になった。客たちは、一人残らず高座の自分に視線を注いでいるのに、かれらだけは、時折り眼を落してひそかに矢立《やたて》の筆でなにか書きとめている。

修業中の講釈師の中には、高名な講釈師の話芸から教えを得たいとして覚え書きをしたためることもする。瑞龍は大坂の若い講釈師の顔をほとんど知っていたが、二人の顔には見おぼえがない。もしかすると旅から旅をして大坂に入った講釈師が小屋に入っているのかと思いはしたものの、自分にむけられるかれらの眼の光が尋常なものではないように感じられた。

翌日、かれは講釈場に行くため、弟子とともに高津町の家を出た。二人の男が立っていて、近づいてくると、「御用の筋がある」と言って腕をつかんだ。男は、見廻り同心輩下の小者で、家主と町役人《ちょう》が、こわばった表情をして瑞龍を見つめていた。

小者に腕をとられた瑞龍は、自身番に引き立てられた。そこには廻り方同心が待っていて大番屋へ連行され、出向いていた奉行所与力の前に引き据えられた。

瑞龍は、連行された原因が法善寺の講釈場で読んだ講釈の内容によるものだと察していた。その講釈が評判になっているのを耳にした岡っ引《おかぴき》が探りを入れて廻り方同心に告げ、前夜矢立の筆を走らせていた二人の客は、同心の報告を受けた奉行所の隠密《おんみつ》であったにちがいない、と思った。

与力が口を開き、瑞龍は自分の推測通りであるのを知った。与力は、真田勢が茶臼山を襲い、徳川方が四散したのを読んだことに相違はないな、とただし、瑞龍はいかにもそれにちがいはありませぬ、と答えた。

さらに与力は、怒声に近い声で家康を東照宮様、家康公とせず呼び捨てにしたことも確かな証拠がある、と告げ、それも相違ないなと、詰問《きつもん》した。

瑞龍は、絶句した。その夜によって家康公と読むこともあったが、気が入って熱をおびた折には家康と言った記憶がある。

「おおよそ家康公と申し上げましたが、攻めかかる軍勢の大将を真田幸村といたしましたように、家康とのみ言ったことがあるやも知れません」

瑞龍の声はふるえをおびていたが、言葉は講釈を読む時の折目正しさがあった。

瑞龍の陳述が素直であったので訊問《じんもん》は簡単に終り、公用人が書役《かきやく》の記録をもとに「罪科疑はしきに付」という入牢《にゅうろう》証文を作り、同心に渡した。

護送用の駕籠《かご》が用意され、瑞龍は後ろ手にきつくしばられ、駕籠に乗せられた。

駕籠は、同心に付添われて牢屋敷にむかった。五月二日で、すでに夕闇《ゆうやみ》が濃かった。

それからの日々は、ただ時間の流れに身をゆだねてすごしていたような気がする。

呼出しを受けて牢屋敷から大坂東町奉行所へ送られ、囚人溜《だめ》で待たされた。

白洲《しらす》に初めて引据えられた時、上段に奉行水野若狭守が出座し、瑞龍は額を白洲にすりつけて名前、生国、宗旨を答え、その後は吟味場で吟味与力の入念な取調べを受けた。

罪状は明白とされていた。大坂夏の陣の茶臼山でくりひろげられた戦さで真田勢の奮戦を目ざましいものとし、徳川方が周章狼狽をきわめて逃げ去ったと講釈したことは、「難波戦記」をみだりに歪曲《わいきょく》したものである。その戦さで家康が恐怖にかられたと強い口調で講釈したのは、客の歓心をひこうとした甚《はなは》だもって卑《いや》しき行為である。

さらに東照宮様の御名を家康と呼び捨てにし、あしざまに申したのは、御公儀を恐れぬ不届至極である、というものであった。

これに対して瑞龍は、恐懼《きょうく》するばかりで、ひたすら頭をさげつづけていた。

そのうちに呼出しを受けることも絶え、かれは牢内ですごしていたが、その間、奉行は、江戸の老中に伺書を提出していた。

その回答が奉行のもとに送られて来たのは九月に入ってからで、十八日に瑞龍は奉行所へ呼出され、白洲に引据えられた。奉行以下与力たちが上段の定位置につき、奉行が判決文を読み、最後に「不届に付、遠島申付ける」と申渡した。

瑞龍は、白洲に額を押しつけ、受書に拇印《ぼいん》し、ただちに牢屋敷へ送り返された。

瑞龍が捕われて遠島刑の判決を受けたことは大坂の市中に伝わり、刑量の重さが人々を驚かせた。

それまでに講釈の内容が幕府に不快感をあたえたものとして、奉行所に拘引された講釈師もいたが、その場合は厳重注意を申渡され、罪ありとされた者でも大坂に立入るのを禁じる追放刑に処せられる程度であった。

遠島刑とは余りにも不当な判決に思えたが、人々はそれが老中水野忠邦《ただくに》によって推し進められている改革令によるものであるのを感じていた。

天保《てんぽう》年間に入って飢饉《ききん》に見舞われ、各地に大規模な一揆《いっき》が起って打ちこわしが頻発し、世情は大きく揺れ動いた。それと連動して、あきらかに幕府に反抗する大塩平八郎の乱が発生し、さらに外圧も加わって忠邦は、乱れた国内の秩序を恢復するには大規模な緊縮政策を断行する必要があると判断し、厳しい改革令を発した。

世の乱れの根源は目にあまる奢侈《しゃし》にあると考えた忠邦は、天保十二年五月、祭礼自粛を命じたのを手はじめに、二年余の間に百七十八の町触れをつぎつぎに布達した。奢侈品の使用、販売の禁止について、禁令は風俗営業、娯楽、芸能、出版などにも波及し、為永春水《ためながしゅんすい》、柳亭種彦《りゅうていたねひこ》らの物語作家が筆禍の憂目《うきめ》にあい、歌舞伎《かぶき》役者市川団十郎、尾上《おのえ》菊五郎の追放などがつづいた。

寄席《よせ》芸能に対する禁令も江戸で天保十三年二月に発せられ、二カ月後には大坂でも奉行所よりの通達によって実施された。

講釈師は、町家や空地に小屋掛けをして客を集めることもしていたが、それはすべて禁じられ、内容についてもさしさわりのないものに限定された。

町奉行所では、禁令の違反状況をしらべるため、定廻《じょうまわ》り、臨時廻り、隠密廻りの同心が市中を潜行し、摘発の功を競い合った。また、一般市民を手先にして情報の探索と提供にあたらせ、金品を褒美《ほうび》としてあたえていた。

大好評の講釈を連夜読んで多くの客を集めていた瑞龍は、探索の者たちにとってこの上ない好餌《こうじ》となった。

奉行所では、これまでの判例から追放刑にも相当しないと考えたが、天保改革令のきびしい布達に対応して、寄席芸人への戒めの意味から瑞龍を遠島刑に処したのである。

瑞龍も、自分に対する刑罰が改革令の影響によるものであることを察し、やむを得ぬという諦《あきら》めの境地にあった。

かれは、牢内で年を越し、流刑地《るけいち》は種子島と告げられ、六月二日に同じ島に流される十三人の同囚とともに船に乗せられたのだ。

船は、港や島かげで風待ち日和《ひより》待ちを繰返しながら、瀬戸内の海を西進した。長い間牢屋敷の獄舎にとじこめられてきた囚人たちは、船に乗せられた初めの頃は、潮の香のまじった外気にふれ雨や風の音をきけることに気分がなごみ、港に入るときこえる人声に耳をかたむけていた。

しかし、そのうちにかれらの顔には苛立《いらだ》ちの色が濃くなり、些細《ささい》なことで荒い言葉をかけ合ったりするようになった。船牢はせまく、夜も手足をちぢめて寝なければならず、詰《つめ》で排泄《はいせつ》する糞尿《ふんにょう》の臭《にお》いが立ちこめ、人いきれで息苦しかった。

暑熱が甚しくなって、大半の者が体中に汗疹《あせも》ができ、それを搔《か》きむしるので化膿《かのう》する。それを知った薩摩《さつま》藩の者は塗り薬をあたえると同時に、船の若い炊《かしき》に命じて日に一回桶《おけ》一杯の水を牢の中に入れさせ、瑞龍たちはそれに手拭《てぬぐい》をひたして体を拭った。

幕府預りの囚人に、薩摩藩の者たちは気をつかっていた。

牢屋敷の牢内には虱《しらみ》が多かったが、船牢の中では囚人たちが体を接していたので異常なほど繁殖していた。昼間は下着を脱いで血を吸って桃色になっている虱をつまんで爪《つめ》でつぶす。縫い目には、微細な卵がつらなっていた。

七月下旬にようやく船は周防灘《すおうなだ》から赤間関《あかまがせき》（下関）の海峡をぬけ、さらに西に舳先《へさき》をむけた。海が荒れる日もあって、囚人たちは船酔いに苦しみ、体調をくずして終日横になっている者もいた。

平戸島沖をはなれた頃から逆風の日が多く、風待ちのため入津《にゅうしん》した港に何日もとどまることがつづいた。暑さがうすらぎ、秋の気配もきざして船は南下し、九月五日の夕刻、ようやく薩摩藩領の鹿児島湾口にある山川《やまがわ》の港に入った。

瑞龍たちは、薩摩藩の小者からその港に津口番所と称される船番所があるのをきいていた。山川港は薩摩藩領内随一の良港で、鹿児島湾に入る船は、必ず山川港に立寄って船改めを受ける定めになっていた。湾口に位置するその港は、薩摩藩の海の関所という性格を持っていた。町には回船問屋が多く、薩摩藩の他国との交易の拠点となっていた。琉球《りゅうきゅう》は薩摩藩の支配下にあるが、その攻略の折には山川に三千の軍勢と百余艘《そう》の船が集結して進発した。それ以来、琉球、奄美《あまみ》への海上交通の出船地となっていた。

瑞龍たちの乗る種子島へむかう船も、山川港で船改めを受けるのだという。船に役人が乗ってきたのか、人声がしきりにしていた。

翌朝、護送責任者の久保伝次郎が船牢の外に立った。これより種子島へ渡海するが、船番所で改めを受け、船が順風を得るまで港に滞留するので、その間、番所の仮牢で待つように、と告げた。

久保は、

「藩では島に送られるその方どもを哀れに思い、穏便に扱うようにと指示している。その御慈悲をありがたく思い、陸にあがっても決して不心得をいたさぬように……」

と、きつい語調で言った。

瑞龍たちは、一様に頭をさげた。

かれらの顔には、せま苦しい船牢から解放される喜びの表情が浮んでいた。仮牢に収容されるというが、そこには船の揺れはなく、時化《しけ》で船酔いに苦しまずにすみ、波の音に夜の眠りをやぶられることもない。

やがて船番所の役人が乗船してきて、瑞龍たちは一人ずつ牢から出され、すぐに後ろ手にしばられた。島送りの書状を手にした役人が、名前と年齢、生国をたしかめ、瑞龍たちは、船板の上に坐《すわ》らされた。

数艘の艀《はしけ》が船べりにつき、数人ずつ数珠《じゅず》つなぎにされて艀に移った。艀が舷側《げんそく》をはなれ、瑞龍の乗った艀も岸にむかった。

船着場にあがった囚人たちは、小者に縄尻《なわじり》をとられて海ぞいの道を一列になって進んだ。

港は陸地に深く食い込んでいて広く、良港と言われるのも当然だ、と瑞龍は思った。

多くの家々がつらなっていて、土蔵のある家もある。それらの構えの大きい家は石塀にかこまれていた。

赤松林を背に船番所があって、裏手に牢屋の建物があった。囚人たちは、一人ずつ縄をとかれて牢内に入れられた。空気に草や樹皮の匂《にお》いがしていた。

六月二日に大坂安治川を出船以来、三カ月間船上ですごしただけに、牢屋の床に坐ってても絶えず体が揺れているような錯覚にとらわれた。牢屋の外には、棒を手にした番人が立っていた。

船番所の扱いは穏便であった。食事は朝夕二回で、円型の器である盛相《もっそう》に玄米飯が詰められ、野菜の煮物、漬物が添えられている。時には煮豆、焼いた小魚がついていることもあった。

横目《よこめ》の久保伝次郎は輩下の者と時折り見廻りにきたが、その折に実りの時季を迎えている龍眼の実を一個ずつあたえてくれたりした。

囚人たちは、牢格子《ろうごうし》の外の番人と気軽に話をするようになった。山川から琉球、奄美への島々に行くのは北風が吹く時期で、種子島へむかう船が出船するのは十月下旬になるだろう、という。種子島までは二十五里（一〇〇キロ・実際は十三里）ある、と番人は言った。

二十五里というと、大坂から西へ赤穂《あこう》を過ぎたあたりまでの距離で、瑞龍は、そのような遠い海に浮ぶ孤島に行くのか、と心細くなった。

夜、牢内の蓆《むしろ》の上に身を横たえている時、闇の中に講釈場の軒にかかげられた講釈師瑞龍と朱書きされた大きな行灯《あんどん》が浮び上がるのを感じた。その行灯には日が没すると灯《ひ》が入れられ、朱の文字が鮮やかさを増す。

両側に百目蠟燭《ひやくめろうそく》がともる高座で、客を前に講釈を読んでいた折の記憶がよみがえる。客たちの眼が自分にむけられ、かれは要所要所で張り扇で釈台をたたく。気分も昂揚《こうよう》し、話に引きこまれた客たちの興奮が、波の寄せるように自分の体を包み込んでくる。

最後の講釈となった法善寺の席は、かれにとって初めての体験であった。高座にあがると同時に小屋の中には緊迫した空気がはりつめ、一語も聴きもらすまいとする客たちの視線が自分にむけられている。徳川方本陣への真田勢の不意の殺到、血の飛び散る激闘、張り扇の音に客たちのたかまる胸の鼓動が、自分にのしかかってくるような殺気に似たものさえ感じられた。

その講釈を読みながら、司直の眼が注がれているのではないかという不安が時折り胸をよぎったが、かれは、口の動きを抑えることができない自分を感じていた。身じろぎもしない客たちの眼の光、静まりかえった講釈場、そして読み終えた後の火の山が突然噴火するような激しい拍手と歓声。かれは客たちの眼に涙が光っているのも見た。

かれは、客たちの熱気に身をひたしたいと思い、夜、高座にあがることを繰返した。宙に舞っているような陶然とした思いで、読むことのみに熱中した。

遠島刑に処せられるとは思わなかったが、白洲で申渡しを受けた時、気持の揺れはなかった。法善寺での講釈は、激流に押し流されたように読むことをやめることはできず、それが遠島刑につながったのだから仕方がない、と思ったのだ。

船牢に押し込められて船で送られてくる途中、悔いの感情はさらに薄らぎ、なるようにしてなっただけなのだ、という思いが強く、平静な気分になって日をすごした。それは山川の牢屋につながれても変らず、法善寺の席での華やいだ記憶に満ち足りた気分にひたったった。

秋の季節が過ぎて気温が低下し、十月に入ったが出船の気配はなく、静かな日がつづいた。

中旬にかなり激しい暴風雨があって、牢屋の屋根を雨が音を立ててたたき、飛び散った樹葉が牢内にも舞い込んだ。囚人の中にはそれを拾って見つめ、大切そうに懐《ふところ》に入れる者もいた。

その頃、番人の口から十三里（五二キロ）はなれた鹿児島の藩庁から藩士たちが、つぎつぎに山川に入ったことを耳にするようになった。かれらは、琉球、奄美方面に藩命で渡海する者たちで、順風を得次第船に乗る。が、風向はまだ好ましくなく、近くの温泉の湯につかったりしてすごしているという。

船番所の役人にともなわれて医者が姿を見せ、牢内に入って問診をし、眼や舌を観《み》た。汗疹の化膿は癒《い》えて、病いにおかされている者はいなかった。

医者の訪れで、瑞龍たちは出船が近いのを感じた。

十月二十三日は朝の陽光が明るく、船番所の役人や足軽が多数やって来て、瑞龍たちは牢から出され、後ろ手にしばられた。横目の久保伝次郎も輩下の者たちと立ち、瑞龍は風待ちをしていた船が出船するのを知った。

瑞龍たちは、数名ずつ数珠つなぎにされて牢屋の前をはなれ、海岸ぞいの道を進んだ。空は青く澄み、港内には多くの船が見え、それらは南方にむかうため集まってきている船にちがいなかった。

船着場に数艘の艀がもやっていて、瑞龍たちはそれらに分乗した。艀はもとより他の小舟にも、久保をはじめとした薩摩藩の者や船番所の足軽たちが乗り、それらの小舟にかこまれて艀がつぎつぎに船着場をはなれた。岸に多くの者たちが立ち、艀の動いてゆくのを見つめていた。

艀が接舷したのは、大坂から乗せられた船とはちがう木肌の新しい回船で、その船にも船牢がもうけられていた。

囚人たちは、縄をとかれて牢内に入れられた。久保の指示か、船牢は広目につくられ、新しい蓆が敷かれていた。

荷の積込みはすでに終っていて、碇《いかり》の引き上げられる音と帆綱を巻き上げる轆轤《ろくろ》の音がして船が動き出すのが感じられた。やがて船が港口から出たらしく、ゆるやかに揺れ、舳先に散る波の音もきこえてきた。

瑞龍は、これから送られる島のことを思った。

かれは、島が日本で最初に鉄砲が渡来した地で、それによって種子島銃という名称がひろがったことを知っていた。

「鉄炮記《てつぽうき》」には、三百一年前の天文十二年（一五四三）に明《みん》国の船が島に漂着、それに乗っていた三名のポルトガル人が火縄銃を携行していて、島を支配していた種子島時《とき》堯《たか》が二挺《ちよう》を購入したとある。時堯は、銃に興味をいだいて射撃稽古《けいこ》にはげみ、島の刀《かた》鍛冶《かじ》に命じて銃を試作させた。その後、堺《さかい》の商人橘屋《たちばなや》又三郎が、琉球貿易の帰途、島に立寄り、一年近く滞在して鉄砲のすべてをきわめ、堺にもどって刀鍛冶に製造させてひろく販売した。

瑞龍は、長篠《ながしの》の戦さで織田信長が銃の大量使用によって、戦闘力を誇る武田勝頼《かつより》の軍勢を潰走《かいそう》させた軍記も読み、その折に火縄銃の伝来と普及のいきさつも語った。大坂冬、夏の陣でも火縄銃が登場し、その後幕府は、江州《ごうしゅう》国友村（滋賀県長浜市）の鍛冶職に鉄砲製造を命じ、今に至っていることも知っていた。

そのような鉄砲伝来の島であるだけに、瑞龍は講釈師として関心をいだいていたが、その製造、普及は島外に移っていて、島にはその痕跡《こんせき》もないのだろう、と思った。

日没後、船は外洋に出たらしく船の揺れが増した。

しかし、翌日から船は異様な動きをしめした。種子島は山川の東南方に位置していて、船は舳先をその方向にむけているのだろうが、風が弱く潮の流れを受けているのか、動いている気配がない。時には、押しもどされているような感じがする日もあった。

牢格子の外に立つ足軽に、

「どんな具合だね」

と声をかけた囚人に、

「船頭は難儀している」

と、足軽は顔をしかめた。

出船が早すぎたのか風は好ましくなく、南から流れてくる潮に船脚は乱されているという。

「いつものことだから、船頭は平気な顔をしているがね」

足軽は、軽い口調で言うと船牢の傍らをはなれていった。

数日が過ぎ、船は風を得たらしく急に進みはじめたが、翌日はまたもほとんど停止状態になって東北の方向に流されているようであった。瑞龍は、すでに十一月に入っているのを知っていた。

囚人たちの顔には、倦《う》んだ表情が浮んでいた。流刑地《るけいち》の島がどのような地であるかわからないが、船牢での生活に辟易《へきえき》し、島の土をふみたい思いがつのっていた。それに板子一枚下は地獄といわれる航海の不安もあるようだった。

「島が見えてきた」

足軽が言ったのは、六日の朝であった。

囚人たちの表情は明るくなったが、船は島に近づく様子もなく、波に揺れているだけで船上になんの動きもなかった。

船頭がどのような操船をしているのか、次の日もむなしくすぎた。

翌朝、夜が明けると、いつの間にか船の揺れは消えていて、握り飯を運んできた若い炊《かしき》が、

「入津《にゅうしん》した」

と、さりげない口調で言った。

船はたしかに停止していて、耳をすますと人声がかすかにきこえている。

握り飯を手にした瑞龍は、種子島が薩摩《さつま》藩領とは言え、はるかはなれた絶海の孤島であるのを感じ、流刑地とされているのも当然だと思った。山川から島まで二十五里だと言っていたが、通常の航海では風に恵まれれば二日か三日でつく海路であるはずなのに、島にたどりつくまで半月も要している。海は南方から重々しく流れてくる大潮流に支配されていて、船はその流れにさからって進まねばならず、風が弱まれば船は押しもどされる。長年の経験と豊かな知識で船頭は、潮の流れと戦い、妥協もしてなだめるように船を少しずつ進め、ようやく島の港に船を入れることができたのだろう。

かれは、広大な荒野に寒風にさらされて一人立っているような索莫《さくばく》とした思いにかられ、島流しにされた実感をいだいた。握り飯を口にしたが、味はしなかった。

島に着船したことに安堵《あんど》していたらしい囚人たちも、いつの間にか口をつぐみ、表

情は暗かった。遠島刑に処せられた者は故里《ふるさと》に帰ることを許されず、島で野良犬《のらいぬ》のように辛うじて生き、やがて老いて死を迎え、島の土に同化する以外にない。

かれらの顔には絶望の色が濃く、頭《こうべ》を垂れて眼を閉じている者が多かった。すぐに上陸させられるのかと思ったが、船内は静かで、夕方の盛相飯に添えられた焼いた貝に島の生活の匂いを感じた。

その夜は風が強まり、船は揺れた。深い吐息をつき、寝返りする者もいて、かれらは寝つかれぬようであった。

朝の食事を終えて間もなく、横目の久保伝次郎と輩下の者たちが牢の外に立った。

「これから島の御役人にその方どもを渡すが、決して不心得なことをせぬように心掛け、達者に暮せ」

久保は、おだやかな眼をして言った。

航海中、護送の薩摩藩の者たちの扱いは温情にみちていて、瑞龍はあらためてかれらに感謝の念をいだいた。

囚人たちは船牢から出されたが、縄をかけられることはなかった。そこは四方を海にかこまれた牢獄にひとしい流刑の島で、逃げる手だてはない。

足軽の指示で、船べりについている艀《はしけ》に乗った。港の海の色は藍《あい》の染料を流したように色鮮やかで、瑞龍は、島が平坦《へいたん》で東の方に低い丘陵がつらなっているのを眼にした。港には乗せられてきた回船以外に大きな船はなく、漁船らしい小舟が見えるだけであった。

艀が近づいてゆく船着場には、多くの人たちが立っていて、羽織、袴《はかま》に大小刀を腰におびた者たちもまじっている。

その傍らに立つ二人の足軽に、瑞龍は視線を据えた。足軽は、それぞれ鉄砲を両腕でかかえている。大坂ではほとんど見たこともない鉄砲を、あたかも槍《やり》のように手にしているのが奇異に思え、あらためて島が鉄砲伝来の島であるのを感じた。

艀が着岸し、瑞龍たちは船着場にあがった。

久保が、役人らしい者たちに近づき、親しげに挨拶《あいさつ》を交した。待っていたのは、島を支配する種子島家の家老西村甚五太夫、締方横目種子島翁之助、志岐正八らで、久保が西村に流刑四十四名の宗旨、名を記した書面と各自の罪状をしたためた書類を渡した。物々しい雰囲気はなく、かれらの表情はおだやかであった。

久保が振返ると、輩下の者に、

「流人どもをこちらに連れてこい」

と、声をかけた。

流人という言葉に、瑞龍は自分たちが流刑の島の土をふんでいるのを感じ、肌寒さをおぼえた。

瑞龍たちが役人たちに近づくと、若い役人が横一列に並ぶよう指示した。それにしたがって、瑞龍たちは並んだ。

眼の前の石まじりの土の上に、新しい藁《わら》草履が並んで置かれていた。

「どの履物でもよい。好きなものをはけ」

役人の眼にはおだやかな光が浮んでいて、裸足《はだし》の瑞龍たちは、進み出ると草履に足指を通し、元の位置にもどった。

役人が列の端に歩み寄ると、囚人に草履をぬいで裏を見せるように言った。

囚人が言われた通りにすると、役人が、上質の衣服を身につけて立っている数人の男の方にむかって姓名を読み上げた。それらの男たちは脇差《わきざし》を帯にはさんでいて、苗《みよう》字《じ》帯刀を許されている者たちであることをしめしていた。

瑞龍は、なにやらわからずいぶかしんだが、自分たちがはいた草履の裏に姓名が記されていて、それが上質の衣服をつけた男たちの名であることに気づいた。

名を呼ばれた男の雇人らしい者が近づいてくると、囚人の腕をとり、男の方に連れてゆく。ようやく瑞龍は、自分たちが藁草履を使ってそれらの男たちに分けられ、引取られるのを知った。

かれの草履の裏には、有留十次郎と書かれていて、若い男に腕をとられて白い丁髷《ちょんまげ》の小太りの男の前に連れて行かれた。その男の前に集まった囚人は、瑞龍をふくめて四人であった。

役人が瑞龍たちの前に立つと、きびしい表情をして口を開いた。

瑞龍たちを引受けてくれたのは各村の庄屋《しょうや》たちで、庄屋は絶大な権力を有し、以後の暮しを世話してくれるのでその指示に絶対服従しなければならぬ、と言った。

さらに禁止事項として、書状の取り交し、許可なく村外に出ること、船に乗ること、博打《ばくち》をすること、刃物、火道具、書物の所持を口にし、それをおかした者は厳罰に処す、と言った。

中渡しを終えた役人は、表情をやわらげると、

「互いに仲睦《なかむつま》じく、島人にも嫌われぬよう暮すように……」

と、言った。

その間に、船と船着場を艀が往《ゆ》き来《き》して、船からおろされた米俵と多くの叺《かます》を陸揚げした。それは、大坂で船積みされた囚人たちの親族からの差入れ品や奉行所からの支給品であった。

薩摩藩の者が、米俵と叺につけられた木札をたしかめ、それぞれ庄屋の前に立つ囚人の名を口にした。米俵と叺を船着場の人足がかつぎ、瑞龍の前には叺と三俵の米が置かれた。それらは、翌日、人足によって馬で各庄屋宅に運ばれる、と役人は言った。

これによって囚人たちの島への引渡しは、すべて終了し、庄屋たちは、役人に近づいて挨拶し、役人たちは、薩摩藩の久保をはじめ輩下の者をうながして、談笑しながら番所の方へ歩いてゆく。久保たちの顔には、支障なく護送の任を果した安堵の色が浮んでいた。

庄屋たちは互いに挨拶を交し、瑞龍たち四人を引受けた有留十次郎は、

「さ、行くか」

と下男に声をかけ、歩き出した。

瑞龍たちは、下男とともにその後にしたがった。

海ぞいの道が南の方にのびていて、背の低い樹木がつらなっている。萱《かや》ぶきの家が、その中に埋れるように建っているのが見えた。

若い下男は、瑞龍たちに好奇心をいだいているらしく、どこから来たのか、航海はどうだったのか、としきりにたずねる。船の最初の出帆地が大坂だと言うと、眼を輝やかせて町の様子、風俗、食物などについて質問し、しばしば感嘆したように声をあ

げた。

四人の一人が、草履の裏に書かれた庄屋の名前で自分たちが分けられたことについて問うた。下男は、島送りにされた者が島についた時の古くからの仕来《しきた》りだ、と分別臭そうな表情で説明した。流人は西之村、坂井村、増田村、中之村の庄屋が主として引取人になるのが習わしで、それは農作地であるので食料に不自由することなく、耕作の仕事もあるためだという。

前日、瑞龍たちの船が赤尾木（西之表市《にしのおもて》）の港に入ったことを知った役所では、各村の庄屋たちに籤引《くじび》きをさせて引取り人数を定めた。どの流人を引取るかについて、公平を期するため、草履の裏に庄屋の姓名を記し、思いのままにそれをはかせて流人をきめるのだという。

庄屋の名を記した草履をはいていることに、庄屋をふみつけているようなおびえを感じていた瑞龍は、それが島での仕来りであるのを知ってようやく落着きをおぼえた。庄屋たちは、それぞれ健康で若い流人を引取りたいと願っているはずで、草履を使って配分するのは、たしかに公平を期する巧みな方法だと思った。

船上では船牢《ふなろう》に、山川では船手番所の牢獄ですごしてきた瑞龍たちは、足が萎《な》えていて歩くのが辛《つら》かった。流人をこれまでも引受けてきた庄屋は、時折り振向いて瑞龍たちの歩みに眼をむけ、下男に休息をとるよう命じ、自分も石の上に腰をおろして煙管《きせる》をくわえたりしていた。

瑞龍は、庄屋が人情に篤《あつ》いらしいのを感じ、このような男に引取られたのは幸いだ、と思った。

海岸は砂浜が遠くまでひろがっていたが、それが切れると荒い磯《いそ》だけが長くつづくようになった。貝や海草を拾っているのか、菅笠《すげがさ》を頭につけた女や老人の姿が所々に見え、瑞龍たちが流人であるのを聞き知っているらしく、遠くから庄屋に頭をさげると、腰をのばして見送っていた。

下男の携えてきた芋と菜漬けで昼食をとり、途中何度も休んで海ぞいの道から左手の道に入った。西側には樹木のひろがる中に耕地も見えて、小川にかかった木橋を渡った。中之村であった。

灌木《かんぼく》にふちどられた道を進むと、思いがけず水田がひろがっていた。むろん水は落されていたが、芋などが主食と想像していた瑞龍は、島に米が栽培されているのを知った。

道は、水田のふちを彎曲《わんきょく》してのびていて、左方に樹林にかこまれてかなり大きな萱ぶきの屋根の家が見えた。庄屋の有留の家であった。すでに日は傾いていた。

石垣にかこまれた家に庄屋が入り、外に立っていた瑞龍たちは下男に台所の土間に導かれ、甕《かめ》の水を飲み、板の間にあがった。

台所には数人の女が働いていたが、瑞龍たちに視線をむける者はなく、無言で食物の入った椀《わん》を四人の前に置いた。

飯は芋の入った麦飯で、味噌《みそ》汁《しる》と菜漬けが添えられていた。瑞龍たちは竹箸《たけばし》で食事をとった。空腹であったので残らず口にした。

食事を終えた瑞龍たちは、下男に声をかけられて外に出た。

瑞龍は思わず足をとめ、他の囚人も空を見上げた。満天の星で、星が驚くほど大きく、冴《さ》えた光を放っている。このような美しい星空を眼にしたことはなく、夜空一面が光り輝き、自分の顔がその反映で明るんでいるのを感じた。

下男にうながされて歩き出した瑞龍は、道も樹木も星明りに浮び上がっているのを見た。星の光が島全体を明るませているにちがいない、と思った。

下男が案内してくれたのは、庄屋の家に近い粗末な空家の百姓家だった。

裏手にまわった下男は、粗末な小屋を指さして、シェッチンだ、と言った。雪隠にちがいなく、瑞龍は言葉がほとんど変らぬのを感じた。

部屋には蓆《むしろ》が敷かれ、掛けぶとん四枚と木枕《きまくら》が置かれていた。

下男が去ると、囚人たちは莚の上に身を横たえ、瑞龍もふとんを体にかけた。牢格《ろうご》子《し》のない部屋で寝るのは久しぶりで、かれはすぐに眠りに落ちた。

瑞龍たち四人を引取った有留十次郎は、中之村の村民に農業奨励、賦税《ふぜい》の徹底、風紀の取締りをし、さらに流人《るにん》の監視等、村の総元締として絶大な権力を保持していた。

翌日は休息をあたえられ、次の日から瑞龍たちは、農作業の手伝いに従事した。庄屋が流人を引取るのは無償の労働力を得られるからで、監視の眼を注ぎながらもその接し方はおだやかだった。

鍋釜《なべかま》など厨房具《ちゅうぼうぐ》が貸与され、四人は自炊し、庄屋からは麦、粟《あわ》、芋、野菜類があたえられた。庄屋の家に運び込まれた差入れ品の米俵もそのまま渡され、瑞龍たちは、米に雑穀をまぜて炊《た》き、食事をとった。渡された叺の中から五両近い金を取り出した瑞龍は、針と糸を借りてそれを着物の両衿《りょうえり》に縫い込んだ。

作業の指示をするのは初老の下男で、瑞龍たちは耕地に鍬《くわ》を入れたり、林に入って枯木を運び出し薪《たきぎ》を作ったりした。

朝、握り飯をシャニン（月桃《げっとう》）の葉に包んで携行し、耕地や樹林の中で昼食をとる。時には下男が、塩漬けにしたキビナゴを持ってきてあたえてくれることもあった。

瑞龍は、島できびしい拘束を受けることを覚悟していたが、日々の生活は自由であるのを知って安堵《あんど》をおぼえた。上陸した時に島の役人から言い渡された禁止条項を守りさえすれば、安穏に暮せることを知った。

下男とは親しく言葉を交してなじんだが、下男から流人に対する天狗《てんぐ》と称した制裁があるのをきいた。流人の中で横暴な者は、島民たちが暗夜に乗じて捕え、なぐりつけて半死の状態にし、松の枝に吊《つる》す。時には、簀《す》巻《ま》きにして船に乗せ、海中に投棄することもあるという。

なぜ天狗と称するのか下男も知らなかったが、その名称が恐しく、瑞龍たちは口をつぐんでいた。

同宿の者は竹蔵、亀吉、喜助であった。

亀吉は六十歳を過ぎ、島送りになったことに激しい衝撃を受けているらしく、ほとんど口をきかず、暗い眼をして涙ぐんでいることもある。

喜助は十七歳で、罪状は知らぬが、軽薄な若者で口数が多い。瑞龍が講釈師であることに興味をいだき、講釈を読んで欲しいと執拗《しつよう》に頼み、瑞龍は堪《こら》えきれず怒声を浴びせかけたこともある。

瑞龍が親しく言葉を交していたのは、十歳年齢の若い四十四歳の竹蔵であった。

竹蔵は、淡路国《あわじのくに》（兵庫県）の農家に生れ、両親が死亡後、農業に従事していたが、二十五歳の折に飢饉《ききん》にさらされて田畠《でんばた》を捨てて流亡し、無宿となって日雇稼ぎをしながらすごした。

その後、大坂に入って二人の男と共謀していかさま博打をかさね、捕われて入墨刑を受け、大坂とその近辺に入ることを禁ずる重追放となった。かれは丹波国《たんばのくに》（京都府・兵庫県）に行って日雇稼ぎをしていたが、ひそかに禁を破って大坂にもどり、また も不正な博打をしてかなりの金を手中にし、それが発覚して牢に投じられ、遠島刑に処せられた。

竹蔵は、瑞龍に心を許しているらしくそれらのことを語り、着物の袖《そで》をまくって左腕を見せた。上腕部に幅五分（一・五センチ）ほどの二筋の入墨がほられていた。

「賭《か》け事はしたくないのか」

瑞龍がたずねると、

「金を持っているのはあなただけで、あなたから金を捲《ま》き上げても仕方がない」

と、竹蔵は笑った。

農作業は閑散期に入り、田畠に人の姿は稀《まれ》であった。瑞龍たちは、草地に行って牛馬の飼料にする草を刈ったり、麦畑に追肥するため肥桶《こえおけ》を天秤棒《てんびんぼう》でかついで人糞《じんぷん》を畑に撒《ま》いたりした。

仕事がなく百姓家ですごす日も多く、瑞龍は竹蔵と磯で貝採りをしようと家を出た。前方から若い女が笊《ざる》状のものを頭にのせて年老いた女と近づき、すれちがった。女が物を運ぶ時、頭の上にのせるのを珍しく思ったが、それもいつの間にか見なれていた。

西への道を進み、林の中をぬけると、潮の香がした。石だらけの道を歩き、海岸の台場の上に出た瑞龍は不意に足をとめ、竹蔵も立ちどまった。

遠くまで海のひろがりがあるだけだと思っていたが、眼の前に黒々とした島が視野一杯にひろがっている。しかも、平坦《へいたん》な種子島とは対照的に海岸はすべて断崖《だんがい》で、島そのものが鋭い稜線《りょうせん》の岩山のように見える。

突然、眼の前に現われた巨大な島に、瑞龍は空恐しさをおぼえ、竹蔵も立ちすくんだように島に視線を据えている。中央に高々とした山がそびえ、両側に峰々がつらなっている。平坦な種子島とそのような山岳島が、隣り合わせのようにあるのが異様に思えた。島は墨のように黒く、瑞龍は威圧感をおぼえた。

しばらくその場に立って島に眼をむけていた瑞龍は、足を動かした竹蔵の後から磯におりていった。

南と北に視線をのばすと、海岸は岩石のつらなる磯が果しなくつづいていて、砂浜らしいものはない。そのような海岸は見たことがなく、あらためてはるか南の島に流されているのを感じた。

　磯の岩の間には、さまざまな貝が至る所にあった。巻貝が多く、それらは初めて眼にするものであった。

　二人はそれを拾い、たちまち竹籠《たけかご》に一杯になった。貝の中にはトコブシもまじっていた。

　海をへだてた島に対するおびえは強く、瑞龍は竹籠を背負い、そうそうに磯をはなれた。

　百姓家にもどった瑞龍は、下男の姿を眼にして近づき、磯で貝を拾ってきたことを口にし、

「思いがけず大きな島が近くにあるのに驚いた」

　と、言った。

「ああ、屋久《やく》だよ。四里半（一八キロ）しかへだたっていない。船で往き来もしていて、こちらに嫁に来た女もいる。屋久には美しい女が多いが、気性が激しい」

　下男は、笑った。

「岩だらけの荒々しい島が恐しかった」

「恐しい？　なにがかね」

下男は、首をかしげ、瑞龍をいぶかしそうにながめた。

貝は、亀吉、喜助にも分けあたえ、生で食べた後、茹《ゆ》でて口にした。すこぶる美味で、体に精がついたような気がした。

手近かに貝のような好ましい食物があるのを知った瑞龍たちは、四人そろって磯に行くこともあった。亀吉も喜助も眼前の屋久島の姿に恐れをいだいたらしく、貝を拾いながらおびえた眼を島にむけていた。

瑞龍たちが磯通いをつづけていることを下男たちは知っていたが、たしなめることはしなかった。もどってきた瑞龍たちの手にした竹籠をのぞき、巻貝の名を教えてくれたりした。

瑞龍たちは、いつの間にか自分たちの置かれている境遇を知るようになっていた。

島では流人を引受けても、別に拘束するわけではない。流人がなにも面倒を起さず、いるかいないかわからぬほど静穏にすごすことを願っているにすぎない。ひっそりと生き、やがて老いて静かに死んでゆくのが好ましい流人で、御公儀もそれを望んでいる。

無報酬で働く流人は、島にとって好都合な労働力になるが、それも決して強制するものではない。静かに生きていてくれればよく、働く気がない時には百姓家で寝ころがっていてもよいのだ。

そうしたことにいつの間にか気づいた瑞龍たちは、朝、農作業に出ても、昼食をとった後、百姓家にもどって寝ころんでいることも多かった。

その年の十二月二日に天保《てんぽう》が弘化《こうか》に改元されたことを、瑞龍は知った。

年が暮れ、弘化二年の正月を迎えた。

庄屋《しょうや》から餅《もち》と塩漬けのキビナゴ、大根の漬物をあたえられ、亀吉は、涙ぐんで餅を口に運んでいた。三日間が骨休めとなって、瑞龍は、竹蔵と近くの河内《かわち》神社に行ったが、初詣《はつもうで》の人たちの姿を見て、流人がなにを祈るのかと思われそうな気がして、社殿に近づくことはしなかった。

正月が明けると、島に霜がおり、瑞龍たちは麦踏みの仕事をつづけた。ドテラと称する古い作業衣をあたえられていた。

その仕事も一段落し、休息をあたえられた瑞龍たちは、家の中で寝ころんだり、外を歩きまわったりしていたが、その日、亀吉は夜になってももどってこなかった。

翌朝になっても亀吉の姿はなく、瑞龍たちは顔を見合わせた。高齢の亀吉は、農作業は無理で畦道《あぜみち》に坐《すわ》っていることが多く、外に出ることもせず家で草鞋《わらじ》づくりなどをするようになっていた。食欲は衰えていて、わずかな量の食物しかとらず、体は瘦《や》せていた。

流人は、定められた家屋内で起居する定めがあり、それに違反した場合は、島の法《はっ》度《と》によって罰を科せられる。

瑞龍たちは、昼すぎまで待ち、亀吉が姿を現わさないので三人そろって庄屋の家に行き、手代にそのことを告げた。

行方知れずになっていることは、島抜けをした恐れにも通じている。島を脱出するのは、激しい潮流に洗われている島だけにほとんど不可能で、体力の乏しい老いた亀吉がそのようなことを企てるはずもない。しかし、思いがけぬ協力者がいて、それを実行に移したかも知れなかった。もしもそれが事実であれば、保護監視の役目を課せられた庄屋は、処罰され、庄屋としての名誉も失われる。

手代は、すぐに庄屋に報告し、出てきた庄屋は、土間に伏した瑞龍たちに亀吉の日頃の生活、姿を消す前の様子について質問した。瑞龍たちは、亀吉が体を動かすのも大儀そうで、口数も少く時折り涙ぐんでいたと告げた。

庄屋は、手代に人を四方に走らせ、ことに海岸線を入念に探るよう命じた。

庄屋の家に、俄《にわ》かに人の動きがあわただしくなった。人がつぎつぎに庄屋の家を小走りに出て、思い思いの方向に急いでゆく。瑞龍たちは百姓家にもどされ、外に出ることを禁じられた。

今にも亀吉がもどってくるのではないか、と思っていたが、夕方になっても姿を見せず、失踪《しっそう》したことは確実になった。

翌日は雨で、手代が傘をさして百姓家にやってきた。

手代は捜索のあらましを口にし、磯《いそ》に通じる道を亀吉が力ない足どりで歩いているのを女が見かけたということ以外に、全く手がかりはないという。

「磯にはよく行っていたのか」

手代の質問に、竹蔵が、

「貝を拾いに三、四度」

と、答えた。

「貝をな」

手代は思案するような眼をして言うと、うなずきながら外に出ていった。

なぜ亀吉は、磯への道を歩いていたのだろうか。貝を拾う折には必ず連れ立ち、かれが一人で行ったことはない。もしかすると、故里《ふるさと》のだれかと連絡をとり、その者がひそかに磯に船を寄せ、亀吉を乗せて去ったのか。現実にそのようなことがあるとも思えず、瑞龍は、釈然としない表情で竹蔵と喜助の顔に視線を走らせていた。

庄屋は、相変らず人を派して亀吉の姿を求めることにつとめていたが、磯への道を歩いていた証言以外になく、その行衛《ゆくえ》は杳《よう》として知れなかった。

亀吉が姿を消してから四日後の夕方、手代が百姓家の土間に立った。

「死骸《しがい》が見つかった」

手代の顔には、安堵《あんど》の色が浮んでいた。

その日の朝、役所から島の北端の浦田村の海岸に一個の死体が漂着、亀吉と推定されるので確認して欲しいという要請があった。手代が馬に乗り、下男とともに浦田村におもむいた。岸に蓆《むしろ》でおおわれた遺体があって、蓆を取り除いた手代と下男は亀吉であることを確認した。

「魚などに食い荒されたらしく、骨も見えるほどの傷《いた》みようだったが、亀吉だった。白い髪が顔にこびりついていて、恐しい形相だった」

手代は、顔をしかめた。

亀吉の遺体は、浦田村の寺の墓地のはずれに埋め、石をのせたという。

「まさか島抜けしたなどとは思わなかったが、死骸が出て庄屋様もほっとしておられる」

手代は、かすかに口もとに笑みを浮べて庄屋の家の方へ去っていった。

その後、役所では亀吉が貝を拾っている時に足をすべらせ、老齢のため岸にあがることができず水死したとして、その旨《むね》をしたためて薩摩《さつま》藩庁あての書類を作成した。やむを得ぬ事故で、役所から庄屋にはなんのおとがめもなかった。

亀吉の死がそのような形で処理されたことをきいた瑞龍は、事実は異なっているはずだ、と思った。第一に、亀吉が一人で貝を拾いに磯に行くなどとは考えられない。歯もほとんど欠けた亀吉は、貝の身を食うことができず、それをだしにした汁を吸うだけで、磯に行くのも瑞龍たちに対する義理といった趣きがあった。

そうした亀吉が、なぜ一人で磯に行ったのか。貝を拾うためではなく、他に目的があったのではないのか。

島に来て同じ百姓家ですごすようになってから、亀吉の存在が鬱陶《うっとう》しかった。島流しになった悲しみが顔ににじみ出ていて、しばしば深い吐息をつく。食事をしながら箸《はし》の動きをとめ、涙を落すこともある。どのような罪状で遠島刑になったのか、過去のことについては一切口にせず、顔は常に暗い。

島に来て正月を迎えたかれは、行く末になんの望みもないのを嘆き悲しみ、ただ一人磯にむかったのではないのだろうか。瑞龍は、亀吉が海にふみ込み、そのまま海中に沈んでゆく情景を思い描いた。

亀吉の死はあきらかに自殺で、それも無理からぬことだと思った。島での生活は、辛うじて生命を維持する食物を口にして細々と生きているだけにすぎない。差入れ品の中に煙管《きせる》がまじっていたので煙草《たばこ》をすうことはできるが、酒を飲むのは許されない。楽しみごとは一切なく、虫が生きているのと変りはない。

それに、自分の好みにかなった仕事をできないのが、最大の苦痛であった。

亀吉の死に瑞龍は、現在の自分の境遇をあらためてかえりみた。

遠島刑を申渡された時、かれは法善寺の席で熱狂した客たちを思い浮べ、自分としても生涯忘れ得ぬ満足感にひたったのだから、そのような刑に処せられても仕方がない、と自らを慰めた。そして島に送られ、二カ月をすごしたが、身近に起った亀吉の死に自分の気持が大きくぐらつくのをおぼえた。

かれは、大坂での華やかな生活を思った。

妻は死別していたが、新しく家に入れる女もきまっていて、かれは夕刻近くになると身仕度をととのえて弟子とともに講釈場にむかう。駕籠《かご》を使うことも多かった。百目《ひゃくめ》蠟燭《ろうそく》のともる高座にあがり、張り扇で釈台をたたき、軍記物を読む。瑞龍の講釈は語りが折目正しく、迫力にみちていて軍記物の名人と言われていた。

そうした生活は、すでに遠い過去のものとなり、再びよみがえることはない。ただむなしく生き、死を迎える以外にない。

自ら命を断った亀吉の心情がよく理解でき、自らもその後を追いたい気持であった。このような境遇におちいったのは、茶臼山《ちゃうすやま》の戦さを読んだことにあり、かれはあらためてそれを悔いた。客たちの興奮に自分も酔い、いい気になっていたのだ、と思った。

亀吉の死後、瑞龍は自分の体から力がぬけたような虚脱感にとらわれた。仕事に出ることも少くなり、樹林の中に入って山菜を採ったり、時には磯に出て貝を拾い、屋久島にぼんやり眼をむけたりしていた。

亀吉の死で欠員が生じたからか、三月に入ると中之村の北方五里（二〇キロ）にある増田村の預りになっていた小重太という流人《るにん》が、瑞龍たちの住む百姓家に移ってきた。三年半前の天保十二年（一八四一）十月一日に島に送られてきた者であった。

小重太は、三年も早くから島に住みついているので、瑞龍たちに遠慮はなくすぐになじんだ。物事にこだわらない性格で、家の空気が明るんだ。

かれは、同年齢の竹蔵に問われるままに罪状を口にした。

十三年前に大坂で盗みを働いたかどで入墨の上重敲《じゅうたたき》の刑に処せられ、その後再び盗みによって重敲の上、大坂とその近国に入ることを禁ずる重追放に処せられた。かれは、それによって大坂から追放されたが、ひそかに大坂に舞いもどり、それが露顕して遠島刑を中渡され、八人の同刑者とともに種子島に流されたという。

「島の人情は篤《あつ》く、住み心地がよいことはよいが、おれの性分には合わない。大坂のような人が押し合いへし合いして生きているような地で生れ育っただけに、毎日が死んだような気分だ」

小重太は、苛立《いらだ》ったように言った。

死んだような気分と言った言葉が、瑞龍の身にしみた。小重太からは大坂の町の匂《にお》いがただよっていて、瑞龍の胸に講釈場の軒にかかげられた瑞龍と朱書きされた角行灯《かくあんどん》が浮び上がる。かれは、人が往《ゆ》き交い、その中を町駕籠が縫ってゆく町々を切なく思い起していた。

焼畑にそばや粟《あわ》の種がまかれ、唐芋の苗も植えられた。その作業の合間に雑草とりや青草刈りをし、肥料を耕地に運んだりした。

雨期がやってきて気温が上昇し、水の張られた田には、伸びた稲の苗がひろがっていた。

村外に出ることを禁ずるという申渡しを受けていたが、それは形式だけのもので、近くの村に足をふみ入れても黙認されていた。小重太はそれを承知していて、村の磯に出て貝を拾うとともに他村の海岸に行って魚を釣ることもしていた。魚は貴重な食物で、竹蔵も釣竿《つりざお》をつくって小重太と出掛けるようになった。

夏がやってきて、島は激しい暴風雨にさらされることが多かった。

瑞龍たちは、青草刈りの仕事を繰返し、タカラバチと称される竹の皮でつくった笠《かさ》をかぶり、鎌《かま》で草を刈る。陽光はきびしく、全身汗にまみれる。腰が痛み、瑞龍は仕事に出ず家で身を横たえていることもあった。

亀吉の顔が、しばしば眼の前に浮んだ。時折り涙ぐんでいたかれは、島に来た時からすでに自ら命を断つことを心にきめていたように思える。その方法として入水《じゅすい》したのは、海が自分の故里に通じているという思いがあったのではあるまいか。

死の世界に入った亀吉のことが思い描かれる。苦渋と悲しみにみちた顔は、水にふやけたように白く、かすかに笑みをたたえている。ようやく訪れた安息に、かれは満ち足りた思いにひたっているのだろう。

瑞龍は、亀吉に羨望《せんぼう》の念をいだき、自分もかれと同じ死の領域に身を入れたい、と思った。

秋の気配がきざし、青草刈りの仕事も終った。

八月十日、瑞龍は、朝食後、作業に出ることもなく小重太と百姓家にとどまっていた。竹蔵と喜助は外出していて、小重太は、いつものように大坂ですごしていた頃のことを、なつかしそうに話す。主として食物のことで、事実かどうかわからないが、さまざまな女を抱いた折のことも露骨に口にする。

瑞龍は、そのような小重太の思い出話に自分の胸にも大坂での生活がよみがえり、少し涙がにじみ出るのをおぼえた。

家の外で、竹蔵の声がし、一人の男を伴って家に入ってきた。

その男を眼にした瑞龍は、

「幸吉」

と、甲高い声をあげた。

幸吉は、遠島刑を申渡されて大坂の牢屋敷《ろうやしき》で同じ牢ですごし、大坂から種子島に送られてきた。かれは、瑞龍のいる中之村北方一里半（六キロ）の坂井村の庄屋《しょうや》古市源助預りとなって船着場で別れた。

「おれたちに会いたくなって村に来たそうで、そこで出会ったので連れてきた」

竹蔵は、幸吉を部屋にあがるよううながした。

部屋に入ってきた幸吉は、瑞龍の前に坐《すわ》ると、

「お久しぶりで……」

と言って、頭をさげた。

幸吉は、豊後国《ぶんごのくに》（大分県）の生れで大坂に出てきて、金を貸した男に催促したところ、逆に刃物でおどされ、刃物をうばって刺し殺し、流罪になった男であった。礼儀正しく、同囚の者から好かれ、瑞龍も好感をいだいていた。

竹蔵の質問に応じて幸吉は、坂井村預けになった流人たちの消息を口にした。病いで寝込んでいる者以外は元気にすごしているが、正月にキビナゴを干した物が少量あたえられただけで魚介類は一切口にできず、粗末な食物に辟易《へきえき》しているという。

竹蔵が亀吉の死を口にすると、幸吉は表情を曇らせ、

「なぜに」

と、言った。

「磯に貝を拾いに行き、足をすべらせて海に落ちたのだ」

竹蔵は低い声で答えた。瑞龍は、竹蔵もその死を自殺と考えているはずで、それを意識して口にしないのだ、と思った。

幸吉は、無言でうなずいていた。

小重太が話に加わった。幸吉が預けられている坂井村からさらに北の増田村から移されて来たことを口にし、

「この中之村に来てよかったのは、海が近く貝が拾え、魚釣りもできることだ。ここに来て達者になった」

と、少し頬をゆるめた。

「それは恵まれている」

幸吉は、小重太に眼をむけた。

互いに預けられた村での生活を語り、小重太がそろって魚釣りに行こうか、と言った。むろん幸吉は、夕刻までには坂井村へもどらねばならず、その間に魚を釣り、多く釣れれば坂井村に持ち帰ることもできる。

幸吉は眼を輝やかせ、

「ぜひ、連れて行って欲しい」

と、言った。

大坂にいた頃、時折り川釣りを楽しんでいた瑞龍は、自分も行こうと思った。どのような魚が釣れるかわからぬが、久しぶりに釣竿を手にしたかった。

小重太と竹蔵は、それぞれ二本ずつ釣竿を持っていたので、四人が釣りをすることができる。小重太は、南西方にある西之村の砂坂あたりが良い釣場だ、と言った。

かれらはすぐに仕度にとりかかった。小重太は釣竿と魚籠《びく》を用意し、竹蔵は昼食用の麦飯と茹《ゆ》でた唐芋をシャニンの葉にくるみ、四包みをそろえた。飲料水は大きな徳利に入れた。

揃《そろ》って家を出ると、西之村へ通じる道を進んだ。空は雲におおわれていた。

林の中の道を歩きながら、村外に出ることを禁じる、と険しい表情をして言った島役人の言葉が胸をよぎった。これから行こうとする砂坂の磯《いそ》は、隣接の西之村にあり、禁をおかすことになる。しかし、実際は村外に出ることは黙認されていて、気にかける必要はないものの、四人そろって村外に出るのは気がひけて、瑞龍は人眼にふれるのを恐れたが、幸いにも人に出会うことはなかった。

空気に潮の香がし、波の音がきこえてきた。

林を抜けると、岩のつらなる磯と海をへだてて屋久島が見えた。島には雲がかかり、薄墨をかけたように輪郭がかすんでいる。磯に人気《ひとけ》はなく、小重太たちが磯におりてゆき、瑞龍もついていった。

磯瀬につながれた丸木舟が、所々にみえた。それらの舟は漁船にちがいなく、人の姿はない。

磯で足をとめた竹蔵が、巻貝を拾い集め、殻をたたきつぶして先端の柔かい部分を釣針にかけた。瑞龍もそれにならい、釣糸を海面に投げた。少しずつ場所を変えたが当りはなく、竹蔵が小魚を一尾あげただけであった。

近くに丸木舟が一艘《そう》つながれていて、小重太が近づき、舟を見つめていたが、引返してくると、

「どうだね。あの舟を借りて釣れそうな所へ行ってみないか。櫓《ろ》も竿も舟にある」

と、言った。

「それはいい。ここでは当りが少しもない。舟を借りるか」

竹蔵が気軽に応じ、竿をおさめた。

竹蔵と小重太が舟の方に歩き出し、幸吉もついてゆく。瑞龍は竿を手に磯をはなれたが、船に乗ってはならぬと言った役人の言葉がよみがえった。島抜けを防ぐための警告で、それを破れば相応の処罰を受けるはずであった。

しかし、かれの足は自然に動いていた。磯に人の気配はなく、舟に乗るのは魚釣りのためで、舟を出せば釣果《ちょうか》はあがり、釣りの楽しみは増す。かれは舟に近寄った。

竹蔵が繋留綱《けいりゅうづな》をとき、瑞龍は小重太たちと舟に乗った。小重太が竿で岩をつくと、舟が磯をはなれた。櫓をつかんだのは竹蔵で、漕《こ》いだことがあるのか手なれていて、舟はなめらかに進んでゆく。海は凪《な》ぎに近かった。

海水は澄みきっていて、のぞき込むと起伏した岩がつらなっているのが見え、その

間に色鮮やかな海草がゆらいでいる。小魚が群れをなして泳いでいて、先頭の魚が向きを変えると、群れが一斉に身をひるがえし、鱗《うろこ》が光った。

海面が白く泡立っているのは、岩が盛り上がった個所で、舟はその近くに進み、動きをとめた。そこには魚が寄っているはずで、小重太が釣竿を手にし釣糸を投げた。

瑞龍も、幸吉とともにそれにならった。舟は潮流で岩場からはなれがちで、竹蔵は櫓をゆるやかに漕ぎ、舟を岩場の近くにとどめるよう努めていた。

予期した通り、いい釣り場らしく、まず幸吉の竿がしなり、三寸(九センチ)ほどの見なれぬ魚がはねながら海面をはなれた。ついで瑞龍の竿にも当りがあって竿をあげた。これも同じ種類の魚であった。

磯からはかなりはなれていて、魚を釣針からはずして磯に眼をむけたが、人の姿はなく、遠くにある塩焼き小屋らしい小屋にも人の気配はなかった。

小重太が、釣った魚を竹製のヘラで開き、その身を餌《えさ》とした。それが効果があって、当りがつづいてあるようになった。瑞龍たちは釣りに熱中し、魚は魚籠に入りきれず舟底ではねていた。

かなりの時間がたち、竹蔵がシャニンの葉に包んだ弁当を配った。瑞龍たちは麦飯を食べ、唐芋を口に運んだ。舟の上で昼食をとるのが快く、舟遊びをしているような気分であった。

舟は、潮に乗って北の方向に流れていた。その方向にも岩場がいくつもあるらしく、海が泡立っている。

竹蔵はその一つに舟を近づけ、そこからはなれぬように櫓を操った。瑞龍たちは、再び竿を手にした。あがってくる魚は、前の岩場でみられたものとは異なって、体が扁平《へんぺい》で引きもかなり強かった。

「どうだろうね」

突然、叫びに似た声に、瑞龍は振返った。

かれは、幸吉がいつの間にか釣竿を舟底に置き、眼を異様なほど見開いているのを見た。顔が青白く、体をこわばらせて坐《すわ》っている。にぎりしめた拳《こぶし》が、はずむようにふるえていた。

瑞龍は、幸吉の体に異常が起っているのを感じた。顔一面に汗が浮び、頰が激しくふるえていて今にも口から血でも吹き出すのではないか、と思うほど、幸吉の顔はゆがんでいる。

小重太も、竿を手にしたまま幸吉の顔を見つめている。幸吉の背後で櫓を操る竹蔵は、瑞龍と小重太の異様な表情にいぶかしそうな眼をしていた。

幸吉の口が動き、ふるえをおびた言葉がもれた。それを耳にした瑞龍は、体が一瞬凍りつくような感覚におそわれた。

「このまま島抜けをしてもらえまいか」

それは、しぼり出すような声であった。

瑞龍は小重太と、幸吉の顔を見つめ、竹蔵も、櫓を漕ぐ手をとめて体をかたくしている。

水が堰《せき》を切って流れ出したように、幸吉がしゃべりはじめた。日々のあたえられる食物は甚《はなは》だ粗末で、寝たきりになっている同囚の者は滋養不足が原因で病み衰え、手足が痩《や》せ細っているのに腹部だけはふくらんでいる。むくんだ顔は黄色く、日ならず死を迎えるのはまちがいない。

自分も体の力が日増しに失《う》せ、爪《つめ》が白く罅割《ひびわ》れするようになっていて、その同囚の者と同じように起きているのも堪えられぬ日が迫っているとしか思えない。どうせ死ぬ身であるならば、勇をふるって島抜けをし、母と妻子にひと眼でも会って死にたい。それを日夜考えてきたが、思いがけず舟に乗り、島の地をはなれた。潮は北へ流れていて、舟に身をまかせれば故里《ふるさと》の方へ近づく。途中で海の藻屑《もくず》となっても悔いはない。

「どうかね、このまま島抜けをしてもらえまいか」

幸吉の眼から涙があふれ、頬を流れている。

瑞龍は、自分の頭が空白になっているのを意識した。水泡がぎっしり詰り、それが一斉につぶれるような音がみちている。島抜けという言葉が、体にのしかかってきた。そのようなことを考えもしなかっただけに、それが全身を貫いている。

口をきく者はなく、重苦しい沈黙がひろがった。気温は高いのに、海を渡ってくる潮風が刺すように冷たく感じられる。思考力は失われていた。

「やるか」

小重太の声に、瑞龍は自分の体が急に瘧《おこり》のようにふるえるのを感じた。かれは意味もなく肩を動かし、膝《ひざ》をつかんだ。幸吉の口から、嗚咽《おえつ》の声がもれ、それが激しさを増した。

「もう島抜けをしたも同然だ。島ははなれている」

意外にも落着いた竹蔵の声がした。

瑞龍は、竹蔵の視線の方向に眼をむけた。いつの間にか磯は遠くはなれ、樹木の緑におおわれた丘陵がひろがってみえる。舟は潮に乗って西北の方向に流されている。

瑞龍は、全身の関節がはずれたような感覚に襲われ、後ろ手に手をついて体が倒れるのを防いだ。

「ここまで流されては、もうもどれない。島抜けだ」

竹蔵が、淡々とした声で言った。

その言葉に、瑞龍は、なぜか笑いたくなり、口もとをゆるめた。笑いが突き上げて抑えがたく、かれは口に手を当てた。

「さあ、これからどこへ行く」

小重太が、はずんだ声をあげ、海を見渡すようにながめ、

「どの方向に行けばいいんだ」

と、幸吉の顔に眼をむけた。

「西だ。西に進めば潮に乗り、いずれかの地につく」

幸吉の眼は、輝やいていた。

正面に見えていた屋久島の島影が南の方向に移り、波の白さにふちどられた北端が近づいていた。

竹蔵が櫓をつかみ、舳先《へさき》を西にむけて力強く漕ぎはじめた。海に舟は見えず、磯が長くのびる種子島が遠くなっていた。舟には櫂《かい》もあって、小重太が櫂をつかんだ。

瑞龍は舟底に膝をそろえて坐り、靄《もや》にかすんだ海に眼をむけていた。

百姓家に一人残された喜助が、小重太、竹蔵、瑞龍が姿を消したのを庄屋《しょうや》の有留十次郎の下男に伝えたのは、翌十一日の四ツ（午前十時）すぎであった。

その日の夜も三人はもどらず、容易ならざることと思った有留は、翌早朝から人を四方に派して、大々的な捜索に手をつけ、同時に三人の流人《るにん》の失踪《しっそう》を役所に報告した。

有留は自ら百姓家におもむいて、外に出ることを禁じていた喜助を訊問《じんもん》し、家の内部をしらべた。三人の私物はそのまま残されていて不審の点はなかったが、小重太と竹蔵の所持していた四本の釣竿《つりざお》がなく、また水を入れるのに用いていた徳利も見当らないことがあきらかになった。

失踪前の三人の様子について喜助は、ひそかに話し合っていた気配はなく、日常の生活そのままであったと陳述した。

釣竿がないことから魚釣りに出掛けたと推定され、ことに海岸方面を探ったが、三人を目撃した者は一人となく、手がかりを見出《みいだ》すことはできなかった。

坂井村の庄屋古市源助からも、島の役所に届けが出されていた。古市のあずかっていた流人幸吉が姿を消しているという。

古市が、同じ百姓家に寝起きしていた流人仲間を訊問した結果、幸吉が同じ回船で島に送りこまれた竹蔵と瑞龍に会うため、中之村にむかったままもどらないことがあきらかになった。これによって、竹蔵ら四人が同一行動をとったことが明白になった。

さらに西之村の庄屋濱田万之進から役所に届出があって、その内容に役人たちは顔色を変えた。

西之村の漁師岩次郎は、村の砂坂から出漁していたが、十日の夕刻に砂坂の磯に行ってみたところ、つなぎとめておいた丸木舟が見えなくなっていたという。その日は海は凪ぎに近く、波にさらわれたとは考えられなかった。

役所では、締方横目《よこめ》坂元吉左衛門が、横目羽田孫助、西村休八、西村十左衛門とともに馬に乗って西之村の濱田宅におもむき、岩次郎を呼び出して訊問した。

流人の島抜け防止策として、役所では、村々の庄屋に漁船を岸につなぎとめた場合は、必ず櫓、櫂を家に持ち帰るよう漁師たちに徹底することを厳命していた。が、岩次郎は、坂元らの鋭い追及に、櫓その他を舟に残したまま家にもどったと陳述した。これは岩次郎のみならず、村を管理する庄屋の濱田の大失態であった。

坂元らは、濱田と岩次郎の案内で砂坂の磯を実地見分した。舟をつなぎとめてあった磯瀬《いそせ》をたしかめ、その附近一帯を足軽に調べさせたが、遺留品らしきものは発見できなかった。

砂坂の磯の前面には、屋久島がある。島抜けをした竹蔵たちが、屋久島に舟で渡って島内に身をひそませるか、それともそこを中継地としてさらに他の地へのがれようと企てたのではないか、と推測された。

その判断のもとに、役所では、横目の森周右衛門と物頭《ものがしら》の羽生《はぶ》岡右衛門を役所の船で屋久島に送った。

屋久島も流人の送り込まれている島で、島の役所も流人管理は徹底していた。四人の島抜けの報告と捜索依頼を受けた役所では、ただちに各村々の庄屋に不審な人物、舟の発見につとめるよう布達した。それによって、全島の一斉捜索がおこなわれたが、数日たってもなんの手がかりもなく、森と羽生は種子島に引返し、その旨《むね》を役所に報告した。

島抜けを防げなかったことは、島を統治する種子島家の面目を失わせた。種子島家としては、島に送り込まれてきた流人を監視し、かれらが死を迎えるまで管理する義務を課せられている。しかも島抜けした流人は、幕府から送られてきた、いわゆる公儀流人で、幕府の信頼を裏切ったことになる。

その後も、役所では島内の捜索をつづけたが、手がかりは一切なく、四人の島抜けは確実と断定された。

島内での処罰がおこなわれた。竹蔵、瑞龍、小重太の三人と幸吉をそれぞれあずかっていた中之村の庄屋有留十次郎と坂井村の庄屋古市源助は、それぞれ流人の監視を怠ったかどで、また西之村の庄屋濱田万之進は、漁師岩次郎が櫓《ろ》等を残した舟を盗まれたのは監督が徹底していなかったからだと責任を問われ、それぞれ科銭《とがせん》（罰金）二百五十文に処せられた。

小重太は天保《てんぽう》十二年、竹蔵、瑞龍、幸吉は天保十五年に島に送り込まれたが、共に大坂東町奉行所で遠島刑を申渡されたので、種子島家では四人が脱島して行方知れずになったことを書状で大坂に報告した。むろん詫《わ》び状も添えられていた。

またかれら四人は、薩摩《さつま》藩によって島に送られたので、藩庁にも届け書を送った。

これによって、四人の島抜け一件は行方不明ということで処理された。

二

瑞龍たちの身を託した舟は、日没頃には種子島からかなりはなれていた。

屋久島の北端に近づいていたが、かれらのだれ一人として屋久島に着岸しようという者はいなかった。島は種子島と交流がさかんで、島抜けを知った種子島の役人が、屋久島に上陸したと推定して捜索するはずだ、と考えた。それに屋久島も流人の島で、種子島からその島に上陸することは、牢獄《ろうごく》から牢獄に移るのに等しい。

竹蔵と小重太は、西に舟の舳先をむけ、休む間もなく櫓と櫂で漕《こ》いだ。

夜がやってきた。空は厚い雲におおわれていて星の光はみえない。竹蔵も小重太も櫓と櫂から手をはなした。舟は潮流に乗って北西の方向へ流れているようだった。

「潮の流れのままに行けば、いずれかの地につく」

小重太は、軽い口調で言うと、闇《やみ》の中で身を横たえた。

瑞龍も、それにならった。体が濃い闇につつまれ、舟の揺れしか感じない。眼を開け閉じしながら、島抜けという恐しい大事をおかした思いが湧《わ》いていないのが不思議であった。自然の成行きで漁船に乗り、船上で夜をすごしているような気持しかない。それは、闇が自分の思考力を失わせているからかも知れず、脱島の喜びもなかった。

かれは、眼を閉じた。高座の百目蠟燭《ひゃくめろうそく》の灯《ひ》のまたたきが、闇の中にちらついていた。

人声がきこえた。体が大きく揺れ、風の音もして、顔に冷たいものがふりかかり、かれは眼を開けた。

あたりがほのかに明るんでいて、再び冷たいものが顔にかかり、瑞龍ははずむように半身を起した。

海が異様な様相をおびていた。波が轟音《ごうおん》をあげて押寄せ、風が唸《うな》りをあげて走り、吹き散らされた波が体に落ちてくる。

凪《な》ぎに近かった海が、いつの間にか一変し、竹蔵たちもすべて身を起して、海に眼をむけている。かれらの顔には呆気《あっけ》にとられたような表情が浮んでいた。

竹蔵と小重太が、言葉を交しはじめた。

「この波では漕いでもなんの役にも立たない。流れにまかせる以外にない」

「風は北から吹きつけてきている。舟は南に流されている」

口をとざした竹蔵たちは、腰を舟底におろして海を見つめている。

海上が明るくなり、押寄せてくる波頭の白さが折り重なって見えるようになった。

瑞龍は、舟べりをつかんで坐《すわ》っていた。海の荒れは次第に激しさを増し、舟は波に乗って上方にせり上がり、次には波間に落下することを繰返している。風は強く、舟ははやい速度で吹き流されている。

そのうちに波が音を立てて舟に打ち込むようになり、体がずぶ濡《ぬ》れになった。顔が波に打たれて瑞龍は何度も倒れ、束ねた髪がほどけて顔にはりついた。竹蔵たちの髪もざんばら髪になっていた。

舟底に海水がたまりはじめ、それが舟の揺れとともに揺れている。竹蔵と小重太が、舟の中にある桶《おけ》で水をすくい、外に排出しはじめた。

瑞龍は、恐怖におそわれた。舟が水舟になれば、呆気なく沈む。他に桶らしいものはなく、かれは、幸吉が狂ったように体を揺らせながら両掌《りようて》で水をすくって舟の外に出しているのを眼にして、それにならった。

時間の感覚が失われ、かれは水をすくうことを繰返していた。舟が今にもくだけ散るのではないか、と何度も思ったが、波にせり上げられ、落下することを繰返している。丸木舟は松の一本丸太を刳《く》りぬいたものだけに、波風に強い構造なのかも知れない。

長い時間が過ぎた。体の感覚はなく、眼の前がかすんでいた。惰性のように水をすくっていたが、その動きはにぶかった。

海上が暗くなりはじめ、風の勢いが弱まり、徐々に波のうねりもわずかながらしずまっていた。竹蔵と小重太が桶を手からはなし、仰向《あおむ》けになるのが見えた。瑞龍も水をすくうことをやめ、頭《こうべ》を垂れた。

濃い闇が体をつつみ込んできて、かれは竹蔵たちにならって仰向けになった。顔の横で荒い息がしていたが、身を横たえた幸吉にちがいなかった。

かれは、眠りの中に落ちた。

海の底を歩いているのが、夢であることは知っていた。鮮やかな緑や桃色の海草が繁茂し、ゆらいでいる。小魚の群れが、鱗《うろこ》を光らせて眼の前を過ぎる。海の底からおびただしい泡が白い柱のように立ち昇り、海面にふれて一斉に割れた。

かれは、眼をさました。明るい陽光が顔にあたっていて、澄んだ空がひろがっている。体の節々が痛く、かれは顔をしかめて半身を起し、海に眼をむけた。ゆるやかな波のうねりが見え、舟はゆったりと上下している。

竹蔵たちは舟底に身を横たえていた。いずれも顔は髪におおわれ、その髪が粉でまぶしたように白い。瑞龍は、それが海水の塩が附着したものであるのを知り、前日の海の激しい荒れを思い起した。

しばらくすると、小重太が眼をさまし、幸吉につづいて竹蔵も身を起した。かれらは互いに無事であるのを確認するように顔を見合わせた。

「全くひどい嵐《あらし》だった。生きた心地がしなかった」

「何度これで最後かと思ったか知れない。この舟が、よくくつがえらなかった。丸木舟は強いのだな」

かれらは髪をかきあげ、眼におびえの色をみせて口々に言い合った。

やがて、かれらは沈黙した。

瑞龍は、海に眼をむけた。ただ海のひろがりがあるだけで、陸影らしいものはなにも見えない。種子島がどの方向にあるのか。島をはなれてから西へ櫓と櫂で舟を進めたが、気象状況が悪化し、北からの強風が吹きつけて、波に翻弄《ほんろう》されながら南へ吹き流された。島からは遠くはなれていることは確実だった。

瑞龍たちは、海に眼をむけながら話し合った。

幸いにも櫓も櫂も流されずにすんだが、どの方向に舟を進ませてよいかわからない。舟は、潮の流れに乗っているらしくかなりの速さで動いている。太陽の位置と雲の動きを見ながら小重太が、方角を推しはかっている。

「運を天にまかす以外にない」

瑞龍が、結論を下すように言った。

「その通りだ。舟を潮の流れにまかせれば、いつかはどこかの地につく」

竹蔵が、何度もうなずいた。

食物のことが気がかりであった。前日、打ち込んだ海水の排出で疲れ切ったため食欲はなかったが、これからどれほど長い間漂流するかわからない。昼食では麦飯をすべて食べつくし、残されているのは唐芋六個しかない。磯《いそ》から舟を出して釣った雑魚《ざこ》は、魚籠《びく》以外にシャニンの葉にも包んである。

魚はこのままでは腐敗してしまうので、干物にして長持ちさせようということになり、小重太の所持していた竹製のヘラで魚を入念に開き、それを舟底にならべた。

瑞龍は、食物について一つの提案をした。当然、口にできる食物はやがて尽きて、飢えにさらされることが予想される。その折に争いが生じないように食物を共有とせず、今から平等に分けて各自が所持する。それを口にするかしないかはそれぞれの自由で、自己責任とするのが賢明な方法だろう。

その意見に異論はなく、唐芋は一人に一個半ずつ配り、開いた魚も四分した。

瑞龍は、自分の前に置かれた芋と魚を眼にし、体が冷えるのを感じた。漂流はどれほどつづくかわからぬが、その間に口にできるのはこの少量の食物しかない。恐らく食物は二、三日のうちに尽き、死が急速に接近するだろう。死を迎えるのは、最も高齢の自分が最初にちがいない。

島での生活が思われた。粗末ではあっても食物に不自由はなく、磯に行って貝を拾うこともできた。しかし、それはただ生きているだけのことで、徐々に老いて死の時を待つ以外にない。亀吉はそれに絶望して自ら命を絶ったが、自分も島での生活が無意味に思え、亀吉の後を追いたい気持が日増しにつのっていた。

あのまま島にとどまれば、近い将来、海に身を投げるか、樹林の中に入って縊死《いし》したにちがいない。どうせ死ぬ身であったのだから、舟の上で餓死しても悔いはない。その死は島抜けという積極的な行為の結果で、島での死よりもはるかに意味がある。かれは、居直ったような気持であった。

空腹感が体に錐《きり》を刺し込まれるように激しくなり、渇きも堪えがたいものになった。竹蔵が、徳利をつかみ、一人一人に近づき、それをかたむけた。瑞龍は掌《てのひら》で水を受け、口に入れた。徳利の水がわずかであるのに恐しさを感じた。

夕闇が濃くなった頃、小重太につづいて幸吉が芋を食べるのを見て、瑞龍も半分に切った芋を口に入れた。それまでは仕方なく食べた芋であったが、これほどうまい物であったかと思うほど美味であった。かれはもう少し食べたかったが、眼を閉じてそれに堪えた。

翌朝、かれは堪えきれずに残りの芋を食べた。咽喉《のど》がひりつくように渇き、身を乗り出して海水をすくった。塩からく、それがいつまでも口中に残り、却《かえ》って咽喉の渇きが増した。

風が強くなって波のうねりも高くなり、舟べりにくだける飛沫《しぶき》が散った。黒雲が空をおおって暗くなり、俄《にわ》かに雨が音を立てて落ちてきた。瑞龍たちは仰向けになり、口を大きくあけて雨水を受けた。水が甘く、舌にあたる水の感触が快い。激しい雨に海は白く煙った。

舟が刳り舟であるので、雨水が舟底にたまってきた。瑞龍たちは、突っ伏してそれに口をあててすすり、さらに手拭《てぬぐい》をひたし、しぼって水を徳利と二個の桶にしたたらせた。まさに慈雨で、徳利も桶も水に満ちた。

その夜は風波が強く、雨が時折り横なぐりに舟をたたいた。

夜が明けても気象は恢復《かいふく》せず、舟は波にもまれて揺れつづけた。瑞龍は、二尾の魚を口にした。

翌日も風は衰える気配を見せなかったが、空は青く澄んだ。

かれらは、横になってすごした。体に力が失われ、頭がかすんでいる。空腹感が激しく、瑞龍はかたく眼を閉じていた。

二日後、海面に緑色の藻《も》のひろがりが漂い流れてきて、舟を包み込んだ。小重太が干物をちぎって釣針にかけ、海におろすとたちまち引きがあった。それを眼にした瑞龍も釣竿《つりざお》を手にし、竹蔵と幸吉も釣糸を垂れた。見たことのない鮮やかな色と紋様のある小魚がつぎつぎにあがってきて、瑞龍は小重太たちとそれをすぐに口に入れた。頭がしびれるような甘味があり、かれはつぎつぎに咽喉に流し込んだ。

やがて藻がはなれてゆくと、引きは全くなくなり、かれらは未練気に竿をのべていたが、竿は少しも動かなかった。

瑞龍たちは、それぞれ自分が釣った魚を開き、舟底に並べた。魚は藻の下に群れ、藻とともに去った。飢えにさらされた自分たちが身を託した舟に藻のひろがりが流れてきたのは、神仏の御慈悲によるものだ、と思った。

晴天の日が二日間つづき、翌日の夕方にはまたも海は荒れた。雨も落ちてきて、瑞龍たちはそれをすすり、徳利と桶にためた。

瑞龍は、終日身を横たえていた。身を起す力もなく、自分が死体同然であるのを感じた。意識は薄れていて、意味もない妄想が脈絡もなく訪れては消える。町駕籠《まちかご》が眼の前を過ぎ、蚊遣《かや》りの煙が流れ、白足袋が重り合うように現われてくる。耳の奥で客の拍手がつづいてきこえていた。

夜が訪れ、朝がやってきた。その間に、驚くほど明るい月を眼にし、満天の星もながめた。海は荒れるかと思うと、湖水のようにべた凪《な》ぎになる日もあった。

瑞龍は、三人の仲間の存在を忘れかけていた。かれらは身動きもせず、舟底に横たわっている。

かすんだ意識の中で、かれは日付を胸に刻みつけていた。烈風が吹きつける日がつづき、それは南風らしく、八月二十三日まで舟は風に吹き流されていた。が、その日の夜になると東風に変り、海はまたも時化《しけ》て、舟は波に翻弄された。

朝になって風雨は衰えたが、船尾が破壊されて櫂《かい》とともに波に持ち去られていた。すでに食物はなく、わずかに水を口にするだけで舟底に突っ伏していた。瑞龍は、薄く眼を閉じ、死が確実に迫っているのを感じていた。

「島だ」

かすれた声がし、瑞龍はわずかに顔をあげた。

小重太が、島だという言葉を繰返し、ふるえる指を南の方向にむけている。瑞龍はその方向を見つめた。たしかに島影が見え、かれは体を起した。

竹蔵と幸吉が、島を指さしながら口を動かしているが、なにを言っているのかわからない。小重太たちの顔は青白く唇が罅割《ひびわ》れていたが、眼が輝やき涙で光っている。

瑞龍は体が熱くなるのを感じ、思いきり歓声をあげたかった。

舟は、風に押されて島の方に動いている。船尾がこわれているので櫓《ろ》は使えず、舟を流れるにまかせた。

島が徐々に近づいてきた。二里（八キロ）四方ほどの小島で、岩が多いためか赤茶けていて、その一部に樹木にかこまれた二十軒ほどの人家が見えた。

舟が島に接近し、磯に軽い衝撃で乗り上げた。泣き声が起り、瑞龍も、舟底に手をつき肩をふるわせて泣いた。あてもなく大海を漂い流れていたが、ようやく大地に接することができ、これも神仏の御加護故《ゆえ》だと思った。

人声がかすかにし、瑞龍は顔をあげた。

かすんだ眼に、人家の方からゆるやかな傾斜を十四、五人の男が、なにか言葉を交しながらおりてくるのが映った。この島は、どこの島なのか。近づく男たちは、自分たちを捕えようとしているのではないのか。

かれらは見なれぬ身なりをしていた。頭が僧のように剃《そ》られ、中央に髪が円形に残されていて、それが三筋に編まれて長く垂れている。筒袖《つつそで》の着物に股引《ももひき》状のものを身につけ、粗末な沓《くつ》をはいていた。

近づいてきた男たちが足をとめ、瑞龍たちと舟に探るような眼をむけている。ほとんどが瘦《や》せていたが、中に一人肥えた男がまじっていた。

三人の男が舟に近づき、言葉をかけてきた。なにを言っているのかわからず、小重太が手をついたまま何度もきき返し、男たちも言葉を繰返したが意味がつかめなかった。

小重太が、手まねをはじめた。長い間漂流し、飢えと渇きにさらされてようやくこの磯に漂着した、と。

男たちは、小重太の仕種《しぐさ》を見つめ、急に声高に言葉を交しはじめた。こちらに視線をむけたり、しきりにうなずいたりしている。

そのうちに、三人の男がさらに舟に近づき、手を動かして上陸するようにという仕種をした。「よ、よ」という声をもらし、瑞龍たちをうながす。瑞龍は、もしかすると男たちが危害を加えてくるのではないかと思っていたが、その仕種に警戒心はうすらいだ。

瑞龍は腰をあげようとしたが、足の感覚が失われていて力が入らない。小重太たちも同様に腰を据えたままで、立ち上がりかけた幸吉は前のめりに倒れて鼻から血を流した。

それを見た男たちが舟に足をふみ入れ、瑞龍たちの腋《わき》の下に手をさしこんだ。かれらは瑞龍たちを抱え上げて舟からおろし、ゆるい傾斜をのぼると砂礫《されき》の上におろした。久しぶりの大地の感触に、瑞龍は男たちを見上げて何度も頭をさげ、小重太と竹蔵も手を合わせ、幸吉もそれにならっていた。

男たちは、瑞龍たちをながめていたが、なにか言葉を交すと、数人の男が集落の方に歩いていった。瑞龍は、砂礫をつかみ、死をまぬがれたことを実感した。

一人の男が家の方からもどってきた。中ぶりの甕《かめ》をかかえていて、年長者からと考えたのか、まずそれを瑞龍の眼の前に置いた。甕には水が満たされていて、竹製の杓《しゃく》子《し》がさし込まれていた。

瑞龍は杓子をつかみ、水をすくうと口に入れた。雨水とはちがって土の香がし、それが口から咽喉を越えてゆく。気のかすむようなうまさだった。

甕が横にいる幸吉の前に移された。幸吉の咽喉を鳴らす音が大きくひびき、男たちのかすかに笑う声がした。
三、四人の男が、集落の方から引返してきた。かれらはそれぞれ椀《わん》と竹箸《たけばし》を持っていて瑞龍たちの前に置いた。椀には湯気の湧《わ》く灰色がかったものが入っていたが、それは粥《かゆ》であった。
瑞龍は箸を手にし、椀をかたむけた。熱さに息がつまったが、美味であった。飢えに瀕《ひん》した者に多くの食物をあたえるのは害になると考えたのか、粥の量はわずかであった。

粥をすすりつくした瑞龍は、椀を捧《ささ》げて男たちに返した。充足感が体にみち、かれはまた涙を流した。

四人はしばらくの間黙って坐《すわ》っていたが、傍らに坐る竹蔵が、

「ここはいったいどこなのだろう」

と、瑞龍に声をかけてきた。

瑞龍は、男たちに顔をむけると、

「この地は、いずれの国でございますか」

と、問うた。

男たちは首をかしげ、なにか言ったが、意味は不明であった。

言葉が少しも通じぬのは、この地が異国であることをしめしている。瑞龍は言葉を発することは諦《あきら》め、砂礫を指でしきりにつつき、どこの地であるかを問う仕種を繰返した。男たちは顔を見合わせ、首をかしげたりしていたが、ようやく質問の意味を察したらしく口々になにか言った。が、その言葉も不明で、瑞龍は手まねの動作をやめた。

瑞龍は、竹蔵たちに顔をむけた。頭の中央だけに髪を残し、それを編んで垂らしているのは唐人の風俗で、そのような絵を見たことがある、と言った。

「すると、ここは唐国（清国《しん》）」

竹蔵が息を吐くような声で言った。

種子島を島抜けしてから十五日。海は時折り荒れに荒れ、舟は潮流に乗ってあてもなく漂い流れ、さらに烈風に吹き流されて波に木の葉のように揺れた。唐の国は、日本のはるか西方にあると言われているが、舟はその地に漂着したのか。

いつの間にか、日が傾きはじめていた。

声高に話し合っていた男たちが、瑞龍たちに近寄ってきて、両側から体をかかえて立ち上がらせた。

瑞龍たちは、男たちにかかえられて傾斜をのぼり、萱《かや》ぶきの家の間の道に入った。古びた衣服を身につけた老人や女たちが、おびえた眼をして見つめ、家の入口から顔をのぞかせている子供もいる。

男たちが足をとめたのは、樹木を背にして立つ辻堂《つじどう》のような古びた小屋の前だった。

かれらはきしむ扉をあけ、瑞龍たちを内部にかかえ込んで床の上におろした。重立った男らしい一人の男が、片腕を曲げて頭をのせる仕種を繰返した。小屋の中で寝るようにという意味だと察した瑞龍たちは、うなずき、頭をさげた。男は、意味が通じたことに満足したらしく、表情をやわらげると扉をしめた。

夜の闇《やみ》がひろがったが、月が出たらしく扉の隙間《すきま》から淡い光が小屋の中にさし込んだ。

瑞龍たちは、言葉を交した。異国には人食い人種がいるときくが、この地の男たちにはその気配はない。水を飲ませ粥をあたえてくれたかれらは、飢えと渇きに衰え切った自分たちを哀れに思い、温かく接してくれるのだろう。

瑞龍たちは、安らいだ気持になった。

やがてかれらは身を横たえ、瑞龍も眼を閉じた。

翌朝、人声がして扉が開いた。

寝込んでいた瑞龍たちは、眼をさまし、体を起した。二人の男が扉の内側にいくつかの椀と甕を置き、去っていった。椀には少し黒ずんだ米飯が盛られ、他の椀に菜を塩漬けにしたものが入っていた。

瑞龍たちはそれらを口にし、甕の水を飲んだ。

その日から、男たちは二人ずつ交替で三度の食事を運んで来てくれた。貝や魚を焼いたものが添えられていることもあった。

扉の外に出てみたかったが、自由行動をすると、かれらを刺戟《しげき》するような気がして小屋の中ですごした。子供が樹幹のかげからこちらをうかがっていて、手まねきするとすぐに姿をかくした。

これからのことを話し合った。海に出るのは恐しかったが、なんとしてでも日本にもどりたかった。十五日間の漂流でこの地についたのだから、同じ日数を費せば日本のどこかの地に漂着できるはずだ、と思った。

しかし、舟の尾部は破損していて櫓で漕《こ》ぐのは不可能だった。尾部を修復するのが先決で、男たちに頼んで舟大工に舟を見てもらいたかった。

食物を運んできてくれた二人の男に、小重太が、破損した舟を修理してくれる舟大工を呼んで欲しい、とさかんに身ぶり手ぶりで頼んだ。男たちは、小重太の仕種を見つめ、いぶかしそうな表情をしながらもうなずき、小屋をはなれていった。

やがて男たちが、長い髭《ひげ》をはやした長身の男とともに引返してきた。男たちの態度から男が、その地の集落の重立った者であるのが察しられた。

小重太が進み出て、同じ仕種をした。

男は敏感に察知したらしく、舟大工が舟に槌《つち》をふるう仕種をして、この地にはいないと首を振った。ついで西の方向を指さして島の形を手で描き、そこにはいるという仕種をした。

小重太は、理解できたことをしめすためにうなずき、その島に行きたいという仕種をした。

男は、少し思案するように小重太を見つめていたが、背をむけると去った。

瑞龍たちは、男がなにか気分を損ねたのかと思ったが、男は、二人の男に布袋と桶《おけ》、飯櫃《めしびつ》、縄を持たせて再び姿を現わし、それらを持って西方の島に行くよう手真似《てまね》をした。袋には五升ほどの米が入っていた。

瑞龍たちは手を突き、男に深々と頭をさげた。

翌日は二十九日で、朝食後、瑞龍たちはもらい受けた物を手に小屋を出ると、傾斜をくだって磯《いそ》に行った。

舟は磯に引き上げられていて、櫓もそのまま舟の中に置かれていた。いつの間にか数人の男が集落から出て来て、瑞龍たちに視線をむけている。

竹蔵が、船尾に縄をかたく巻きつけ、環《わ》をこしらえてその中に櫓をさし入れた。海上は穏やかであった。

かれらは舟に乗り、磯をはなれた。見守っている男たちに手をふり、何度も頭をさげたが、男たちは寄りかたまってこちらを見ているだけであった。

風は幸いにも東南風で、舟は西の方へ流れるように進んだ。竹蔵がぎこちない手つきで櫓を操り、磯が次第に遠ざかっていった。

やがて島が後方にうすれ、かれらは西の方を見つめていた。しかし、海のひろがりがあるだけで、なにも眼にすることができない。瑞龍は、再び大海をあてもなく漂い流されるのではないか、と不安になった。

日が傾きはじめた頃、前方にかすかに島影が見えて来た。島の磯をはなれてから十五里（六〇キロ）ほど流されてきたように思え、舟は西の方向に流され進んでゆく。夜になり、星の光が空をおおった。竹蔵は櫓を舟に取り込み、舟を流されるにまかせた。

夜が明け、瑞龍は、眼の前に島があるのを見た。小さな島で、舟は漕ぐこともしないのに徐々に近づいてゆく。

磯から少しはなれた所に家が三軒見え、漁師らしい男たちが網を干したり、つくろったりしている。かれらは、瑞龍たちの乗っている舟に眼をむけてくることはなかった。

舟が磯につき、瑞龍たちは舟をつなぎとめて磯にあがった。

この島がどのような島か探ってみようということになり、岩の多い傾斜をたどり、小道を見出《みいだ》して登った。両側に竹藪《たけやぶ》がつづき、くねった道を進んで丘陵の頂きについた。

見下ろすと、耕地がかなり広くひろがっていて、農家らしい家が三、四十軒ほど見えた。男か女かわからなかったが、菅笠《すげがさ》状の笠を頭につけた人が歩き、黒い牛が耕地を動いている。

その集落におりてゆくとなにか好ましくないことが起るような気がし、それよりも磯に近い家の前で網の手入れをしていた漁師たちに接する方が、危険はないように思えた。

かれらは小道を引返し、舟をつけた磯にもどった。空は茜色《あかねいろ》に染っていた。

漁師は、海で生活をし、海の彼方《かなた》から流れついた者には他人事《ひとごと》ではない感情をいだくはずであった。十五日間の漂流の末に漂着した島の漁師たちが温かく接してくれたように、網の手づくろいをしていた者たちも自分たちを受け容《い》れてくれるにちがいない、と思った。

瑞龍たちは米袋などを手に磯からはなれると、ゆるい傾斜地をのぼり、三軒の家に近づいた。

手近な家の入口から内部をのぞき込むと、髪を後ろに束ねた中年の女と眼が合った。女は口を開いて立ちすくみ、おびえ切った眼をして瑞龍たちを見つめている。男が奥から出て来て、女と同じように体をかたくし、瑞龍たちに視線を据えた。

瑞龍たちは、しきりに頭をさげ、小重太は膝《ひざ》を突いて頭を深くさげた。

男の口から詰問《きつもん》口調の短い言葉がもれた。むろん意味はわからず、小重太が時化《しけ》で長い間漂流し、東の方にある島に漂着して、さらにこの島まで来たことを手ぶり身ぶりで伝えた。男と女は、身じろぎもせず小重太の仕種《しぐさ》を見つめている。

男が女になにか声をかけると、女が裏口からあわただしく出ていった。

すぐに裏口から数人の男が入ってきた。険しい眼をしたかれらは、棒や大きな鎌《かま》を手にしていた。

小重太がしきりに手まねをし、瑞龍たちは頭をさげつづけた。それを見つめる男たちの眼の光が少しずつやわらぎ、背の高い男が小柄な少年になにか言った。少年は、裏口から出て行った。

やがて少年が足早やにもどってきて、なにか告げた。瑞龍は、男が少年を磯に行かせ、小重太の仕種通り丸木舟があるのをたしかめたのだ、と思った。

男たちは急に饒舌《じようぜつ》になって、こちらをながめたりしながら声高に話し合った。その眼はすっかりやわらいでいて、瑞龍は深い安堵《あんど》をおぼえた。

男たちは棒や鎌を手からはなし、長身の男が瑞龍たちに近づくと、さかんに手ぶり身ぶりをした。瑞龍は、男の仕種を見つめ、三軒の家に分宿するようにという意味であるのをつかみ、竹蔵たちと言葉を交して男に何度もうなずいてみせた。

瑞龍は小重太とともに、竹蔵、幸吉は一人ずつそれぞれの家に導かれた。

瑞龍の入った家は粗末で、片隅に豚が飼われひどい悪臭がしていた。男は、蓆《むしろ》のような敷物を貸してくれ、団子状のものをあたえてくれた。母か妻か、男よりかなり歳《とし》上《うえ》の女がいて、険しい眼をむけていた。

男たちは朝、舟を出して漁をし、女や子供たちは耕地に出ていた。

夕方近く男たちが漁からもどってきたので、瑞龍たちは磯に行った。小重太が手まねをし、磯に引き上げられている丸木舟を指さし、破損した舟を修理してくれる舟大工がいるかをたずねた。

長身の男はすぐに理解し、手まねでここにはいないが、あの島にはいる、と、西方に見える島影を指さした。小重太はうなずき、その島に行くという仕種をした。男は承知したというように大きくうなずいた。

翌朝、舟を出すことにしたが、海は荒れていて、次の日も波が磯に打ち寄せていた。天候は恢復《かいふく》せず、ようやく九月五日になって海は凪《な》ぎになった。

その日の朝、瑞龍たちは男たちに感謝している仕種をし、舟に乗った。男たちは漁に出る仕度をしていて、磯で見送る者はいなかった。

竹蔵と小重太が交互に櫓《ろ》を漕ぎ、夕刻近く七里（二八キロ）ほどはなれた島の砂浜についた。

その地には、三百軒ほどの家があって、漁師らしい多くの男たちが集まってきた。

ちらにくるようにという仕種をした。

瑞龍たちは、男たちにかこまれて二町（二一八メートル）ほど歩き、小さな寺の境内にある三間（五・四メートル）四方ぐらいの堂に入るようながされた。周囲には人家が建ち並んでいた。

堂の中には、地蔵のような仏像が三体置かれていて、床は瓦《かわら》が敷きつめられていた。男たちは、蓆様の敷物とふとんを運び込み、米飯と菜漬けを置いて去った。

翌朝、数人の男がやって来て、瑞龍たちを一軒の家に連れて行った。そこは料理屋風の家で、米飯、菜漬け、焼魚、豆腐が出され、食うようながされた。

驚いたことにその日から朝、昼、夕の三食とも男たちは、その家に案内した。普通の民家では十分な食事もあたえられぬため、料理屋に連れてゆくのだろう、と推測した。瑞龍たちは、男たちに手を合わせて頭をさげた。

堂の中で、瑞龍たちは話し合った。

破損した舟を修理したいと思ってこの地まで来たが、常識的に考えて修復できたとしても小舟で大海を渡り日本へもどることは不可能と言っていい。これまで接してきた唐人たちは親切で、大船で日本に送りとどけてもらうよう頼むのがよいのではないか。

その説を強く主張したのは、瑞龍であった。種子島から舟を出して唐国に漂着したのは奇蹟《きせき》で、普通ならば舟は風波で覆没し、それをまぬがれたとしても飢えと渇きで死んでいたはずであった。丸木舟で日本へもどることは不可能で、唐人の情けにすがって日本へ送り還《かえ》してもらうべきだ、と説いた。

筋道立った瑞龍の話に、他の三人は同意し、帰国の道を探ることで一致した。

その日の昼食に一人の男に案内されて料理屋へ行った時、小重太が日本に大船で送りとどけて欲しいという仕種を熱心に繰返した。どのような意味かわからぬらしく、男は途方にくれたように小重太の仕種を見つめていたが、なにか特異なことを伝えようとしていると察したらしく、料理屋を出ていった。

やがて、男が白い髭をのばした初老の男を連れて引返してきた。

小重太は再び手ぶり身ぶりをしたが、初老の男は首をかしげ、他の地に行きたいと頼んでいると解釈したらしく、舟に帆をあげて進む仕種をし、西の方を指さし、そこに行くようにという仕種をした。意思が通じぬことを知った瑞龍たちは、やむなく料理屋を出て堂にもどった。

その日の夕刻、昼食に料理屋へ案内してくれた男が来て、ついてくるよううながした。しきりにすすめるので、瑞龍たちは腰をあげて堂を出た。

男は家の間の道を進み、海辺に出た。前方の浜に瑞龍たちの乗ってきた丸木舟をかこんで十人近くの男たちがいるのを眼にした。

不審に思いながら近づくと、白い髭をはやした男が瑞龍たちに眼をむけ、舟を指さした。舟には竹竿《たけざお》が立てられ、その下に蓆が置かれている。蓆には帆桁《ほげた》の竹がとりつけられていて、綱で竹竿にあがるようにされている。竹竿は帆柱であった。

瑞龍は、料理屋で男がしめした仕種の意味がわかり、竹蔵たちとうなずき、男に日本語で礼を言った。

男は、西へ行けという仕種をしきりにしたが、それは瑞龍たちが日本へ帰る手がかりを得られるはずだ、とほのめかしているように思えた。唐国は日本と交易をし、唐船は長崎との間を往き来《ゆき》しているときいている。その船に便乗を許されれば、日本へ帰ることができる。男が行けという西にむかえば、日本との交易をつかさどる役所があるのかも知れない。

「恐らくまちがいはあるまい」

瑞龍は、竹蔵たちを見まわした。

男は、小重太の手ぶり身ぶりで、海の彼方の国へ大船でもどりたいということをおぼろげながらも察したのではあるまいか。日本へなどということはわからなくても、交易船は台湾、琉球その他にもおもむいている。それに便乗するのは役所の許可を得なければならず、西の方に役所があると伝えているように思える。

瑞龍の説明に竹蔵たちは、明るい眼をして一様にうなずいた。

「それにしても、唐人たちはいずれも慈悲の心に篤《あつ》い。なぜこのように親切にしてくれるのかわからぬほどだ」

竹蔵が、眼をしばたたいた。

瑞龍たちは、無言で坐《すわ》っていた。

翌日から、かれらは浜辺に出て空を見上げ海を見つめた。

帆走は風向次第で、それに海が穏やかであることが必須《ひっす》条件だった。雨の日や海に白波が立っている日もあって、ようやく十二日朝になって海が好ましい状態にあるのを感じた。

男たちもそれを知ったらしく、瑞龍たちが堂から携帯品を手に浜辺に行くと、二十人ほどの男たちが集まっていた。

かれらは、米が五升ほど入った布袋を渡し、帆布代りの蓆を竹竿にあげ、舟を海に押し出してくれた。

風は東南からの順風で、舟が動き出した。瑞龍たちは頭をさげ、男たちは手をふり、別れの言葉らしいことをさかんに口にする。その姿も次第に遠ざかっていった。

蓆が風をうけてゆらぎ、舟はなめらかに進んでゆく。しばらくするとはるか前方に陸影がかすんでみえ、その上方の空に白雲が浮んでいた。

瑞龍たちは、料理屋でつくってくれた弁当をひらいた。米飯に焼魚が添えられていた。

風が少し強くなり、舟の速度が増した。赤茶けた丘陵の起伏する陸地が近づき、舟は岩の多い磯《いそ》に着岸した。すでにあたりには夕闇《ゆうやみ》がひろがりはじめていた。

かれらは、携帯した夕食をとった。月が岬の端からのぼり、海面は輝やいた。舟に蓆が四枚のせられていて、かれらは身を横たえるとそれを体にかけた。波の寄せる音がするだけの静かな夜であった。

翌朝は、快晴だった。

かれらは、身の廻りの物を手にして西の方へ歩き出した。細い道が低い丘陵にのびていて、上り傾斜の道をたどった。灌木《かんぼく》が所々にあるだけで、道は赤茶けていて岩も同じ色であった。空には鷲《わし》なのか、羽をひろげた大きな鳥が弧をえがいていた。

十町（一・〇九キロ）ほど進むと、峠のような場所に出た。前方に広い大地が見下ろせ、瑞龍たちの口から驚きの声がもれた。一万軒ほどもあるだろうか、おびただしい家々が密集し、それがかなりの広さでひろがっている。道が網の目のように通じていて、牛馬や人の姿も見えた。

昨日の朝はなれた地の男が、西にむかって行くようにすすめたが、男はこの町のことを思い描いていたのではないだろうか。町には役所があるにちがいなかった。

瑞龍たちは、眼を輝やかせて足早やに道をくだった。家並が近づき、人声や物音がきこえてくる。

かれらは、町の中に入っていった。家の造りはまちまちで土をかためてつくった家や石づくりの家が多く、かと思うと木造のがっしりした家もある。商店街らしく店先の台に雑多な商品を並べ、天井から竹製品を隙間《すきま》なく吊《つ》り下げた店もあった。せまい道に人が往き交い、人声がさかんにしていて、ひりつくような赤子の泣き声もしていた。

役所はどこかたずねたかったが、それを手まねで問うのは至難であった。それでも小重太は店頭の木箱に坐る女の前に立って身ぶり手ぶりをしてみせたが、女は顔を不快そうにしかめ、手をはげしく振って立ち去れという仕種をし、相手になってくれなかった。

瑞龍たちは、人の体にぶつかったりしながらあてもなく歩いた。異様な風体をしているはずなのに、眼をむけてくる者はいなかった。

食物を商う店には多くの男女がむらがり、立って椀《わん》を手にし、食物を口に運んでいる。魚を路上に並べた店では、男が鯉《こい》のような形をした大魚を、無造作に刃物で断ち切っていた。

瑞龍は、竹蔵たちと小道から小道へ歩きつづけたが、右手に土でかためた塀が長くつづき、その内部に大きな構えの二階建の家があるのを眼にした。

門に近づき、内部をのぞいてみると片側に柵《さく》状のものがあって、そこに二、三十本の槍《やり》が立てられ、鉾《ほこ》状のものもある。建物の入口には、槍を手にした兵らしい男が立っていた。

役所か、またはそれに類した建物にちがいないと思ったが、入ってゆくのは恐しく、門の外に寄りかたまって立っていた。門に人の出入りが多く、かれらは眼の前を通り過ぎたが、瑞龍たちに視線をむける者もいた。

他に行くあてもなく、門の外に立っていたが、夕暮れ近く、門の内部から役人らしい男と下役らしい男が六人出て来て、瑞龍たちの前に立った。

役人が詰問口調の鋭い声でなにか言ったが、むろんわからず、小重太が顔をひきつらせてあわただしく手ぶり身ぶりをした。十五日間小舟で漂流し、島に辛うじて漂着してこの地までたどりついたという仕種《しぐさ》をしてみせた。

役人たちは首を何度もかしげ、いぶかしそうに顔を見合わせた。小重太は悲しげな眼をして仕種を繰返した。

役人が下役の者になにか言うと、下役が建物の内部に入り、すぐに引返してきた。硯《すずり》と筆、紙を手にしていた。

役人が、紙に書けという仕種をした。漢字を自在に書けるのは瑞龍だけで、かれは筆をとると、少し思案した後、紙に日本漂流人と楷書《かいしょ》でしたためた。

役人たちは驚いたように文字をながめ、瑞龍の顔を見つめた。

役人たちは、瑞龍たちに視線を走らせながらさかんに言葉を交した。そのうちに役人の一人が建物の中に入ってゆき、しばらくすると出て来て、下役の者に声をかけた。うなずいた下役の者が、瑞龍たちに自分についてくるようにという仕種をした。

瑞龍たちは、役人たちに頭をさげると、下役に従って門の外をはなれた。

下役は二町ほど歩き、寺の境内に入ると小さな堂の前で足をとめ、ここですごすようにという仕種をし、去っていった。

堂は三間（五・四メートル）四方ほどの広さで、床は瓦敷きで三体の仏像が置かれていた。

床に坐ると小重太が、

「紙になんと書いたのだね」

と、瑞龍にたずねた。

「日本漂流人と書いたのだ」

竹蔵が、瑞龍の代りに答えた。

小重太が竹蔵に顔をむけ、

「文字がわかるのか」

と、思いがけないという表情をしてみせた。

「書くのは不得手だが、読むことはなんとかできる。瑞龍さんが達筆なので、唐人たちは驚いていた」

竹蔵は、生真面目《きまじめ》な表情で言った。

瑞龍は、落着いた気分になった。これまでは手ぶり身ぶりで漂流者であることを知ってもらおうとつとめてきたが、それが接してきた唐人たちにつたわったかどうかは疑わしい。自分たちは、突然海の彼方《かなた》から姿を現わした、言語も通じぬ得体の知れぬ者たちで、浮藻のようにあてもなく漂い流れる存在に思えたのだろう。

しかし、役人が差出した紙に書いた文字で、初めて自分たちの素姓をつたえ、それを役人も理解してくれたようであった。役人が下役に命じてこの堂に自分たちを案内させたのは、それ相応の扱いをしなければならぬと判断したからなのだろう。

瑞龍は、自分たちの前途にようやく明るい道が開けたような気がした。

その推測を裏づけるように、案内してくれた下役が、その日の夕方から少年に食物を入れた笊《ざる》を持たせてやってくるようになった。帰る時に、必ず下役は堂にそのままとどまっているようにという仕種をしてみせた。

上陸してから五日後の九月十七日の夕刻近く、一人の役人が来て、手荷物を持って自分についてくるようにという仕種をした。

うなずいた瑞龍たちは堂の外に出ると、役人の後から歩いていった。二町（二一八メートル）ほど行くと、川幅六間（一〇・八メートル）ほどの川があって、橋の下に長さ二間ぐらいの屋根のついた船が二艘《そう》つながれていた。

船の側面には菊と牡丹《ぼたん》が華やかな色で描かれていて、瑞龍たちは役人にうながされて船に乗った。他の船には大きな刀が二振り壁に立てかけられ、役人二人、下役四人が乗った。

すぐに艫綱《ともづな》がとかれ、二艘の船はつらなって流れをくだりはじめた。

瑞龍は、川面《かわも》をながめながら紙に書いた文字が効果があったのを知った。日本は、国法によってオランダとともに唐国に交易を許し、輸出入がさかんにおこなわれている。唐国にとって日本は重要な交易国であり、友好関係をそこなわぬように神経を使い、それは役人たちに浸透しているのだろう。自分の書いた日本漂流人という文字を眼にした役人は、決して粗略に扱ってはならぬと考え、さらに上級の役所の指示を仰ぐため、船で瑞龍たちをその役所に役人付添いのもとに送ろうとしているにちがいない。

竹蔵たちも、それを漠然と察しているらしく明るい眼をしていた。

翌朝、眼をさますと、すでに船は大きな町の川岸につながれていた。

食事をすませた瑞龍たちは、役人にともなわれて上陸した。商店が軒をつらねた繁華な町で、五町(五四五メートル)ほど歩き、役所についた。

石と木でつくられた広い家で、瑞龍たちはその一室に導かれ、そこでしばらくの間待たされた。

やがて役人にうながされて石畳の通路を進み、広い部屋に入った。床には華やかな紋様の敷物が敷かれ、調度品は艶《つや》をおびていて立派であった。

奥から金色の刺繡《ししゆう》のついた上質の衣服を着た高級役人らしい小太りの男が出てくる

と、曲彔《きよくろく》に坐《すわ》り、左右に十四、五人の役人が立ち並んだ。

高級役人が、物憂《ものう》げに瑞龍たちに眼をむけ、傍らに立つ役人になにか言った。役人が、瑞龍たちに何者かとたずねるような仕種をし、下役に筆、硯、紙を机の上に置かせて、書くようにうながした。瑞龍は、机に近寄って筆をとり、再び日本漂流人と書いた。その紙を下役がとって役人に渡し、役人はそれを高級役人に差出した。

それを眼にした高級役人はかすかにうなずき、席を立った。役人たちが頭をさげ、瑞龍たちも頭をさげて高級役人が奥に入ってゆくのを見送った。

瑞龍たちは、二人の下役にうながされて通路を歩き、裏門から出ると家並の間を進んで一軒の家に入った。そこは豆腐、米等を扱う商店で、家の者の扱いは丁重であった。部屋には珍しく脚つきの寝台が置かれていて、夜、瑞龍たちはそれに身を横たえた。

翌日、朝食をすませた後、下役の者が部屋に入って来て、役所からの贈り物だという仕種をし、綿糸で織った下着、単物《ひとえもの》の着衣、襦袢《じゆばん》を渡してくれた。着ている下着も着物も汚れて裂けてもいたので、瑞龍たちは渡されたものに着替え、下着と着物は風《ふ》呂《ろ》敷《しき》状のものに包んだ。

ついで別の下役が来て、瑞龍たちは役所に引返し、六畳ほどの清潔な部屋に案内された。下役は、当分の間ここで日をすごすようにという仕種をした。床は瓦敷《かわらじ》きで、四つの腰掛けが置かれていた。

その部屋での生活は、快適だった。下男が身の廻りの世話をし、朝は麦または米製の団子、昼と夕方は米飯に鶏肉、野菜、魚を調理したものを運んできてくれる。鼻紙も部屋にそなえられ、さらに煙草《たばこ》もふんだんに持ってきて、瑞龍たちは久しぶりに煙草をすった。

夜になると、下男が灯火台を持ち込んできて点火し、瑞龍たちはそれをかこんで雑談した。

気温が低下し、厚いふとんが渡され、かれらは寝台で就寝した。食事がよいため、かれらは血色も良くなり肉づきも増した。

瑞龍は日付を胸に刻み込んでいたが、十一月二十一日朝、役人と下役が六人やってきて、これより大きな港町に連れて行くという仕種をした。

瑞龍たちは手荷物をまとめて、かれらについて家を出た。

家並の間を歩いてゆくと、幅一町（一〇九メートル）ほどもある大きな川があり、二艘の彩色された船が岸にもやっていた。

瑞龍たちは船に乗り、他の船には役人二人と下役三人が乗った。

すぐに艫綱がとかれたが、船は上流にむかい、一艘につき五人の男が船との間に張られた綱を肩にかけ、岸から曳《ひ》いて進んでゆく。岸には家並のつづく町や、百姓家が点在する農耕地があった。

船は時々とまって人足が交替し、食物が町や村から持ち込まれた。夕方になると、船は岸につながれ、瑞龍たちは船中で就寝した。

船の動きは鈍く、ようやく十一月二十九日に目的の港町に着岸した。港は広く、五、六百石積みの船が数艘つながれていた。

瑞龍たちは役人に付添われて上陸し、その町の役人の家に案内された。あてがわれた部屋は八畳ほどの広さで寝台、腰掛けが置かれ、床は瓦敷きであった。

部屋には火鉢のほかに七輪《しちりん》も置かれていて、下男が煮《に》炊《た》きをして温かい食事をととのえてくれた。寒気がきびしく、火鉢があるのがありがたかった。

十二月五日朝、役人と下役八人が部屋に入ってきた。乍浦《チーフー》と書いた紙をしめし、これからそこへ連れてゆくという仕種をした。役人が行先を書いたのは初めてで、瑞龍はその地が最後の重要な目的地であるのを感じた。

かれらと家の外に出ると、思いがけず四つの輿《こし》が用意されていて、瑞龍たちに乗るよううながした。二本の長い角材の上に屋形が置かれていて、その中に身を入れると男が角材を腰のあたりまであげて歩き出した。貴人になったような思いで、瑞龍は、役所が自分たちを丁重に扱うよう心掛けているのを感じた。

家並の間を二十町ほど行くと、川岸に出た。そこには二艘の船がつながれていて、一艘に瑞龍たちと下役二人が、他の船には役人三人が乗った。

その船も上流にむかい、一艘を数人の人足が川岸から綱で曳いてゆく。船は村から村へとひきつがれ、それらの村から出された人足が交替しながら船を曳いていった。

乍浦の川岸についたのは、五日後の十二月十日であった。港は広く、水が泥の色で濁っていた。百石から二百石積みほどの船が数艘、岸につながれていた。

町はきわめて繁華で、川岸に蔵のような建物が隙間《すきま》なく並び、その後方に家々がつらなっていた。

下役が一人上陸していったが、しばらくすると、二人の町の役人とともにもどってきた。

役人たちが瑞龍の前に立つと、一人が、

「日本のお方か」

と、言った。

瑞龍たちは、眼を大きく開き、男の顔を見つめた。驚いたことに、それは長崎なまりの日本語であった。

「あなた様は、日本のお方ですか」

小重太が、呆気《あつけ》にとられたようにたずねた。

「日本人ではありません。私は唐通事です」

男は、交易船でしばしば長崎におもむき、通訳として乍浦の役所に仕えていると言った。

瑞龍たちは、ようやく疑問が解け、一様にうなずいた。

男は、さらに乍浦が長崎への交易船の出入港で、瑞龍たちを日本へ送還させるためこの地まで連れてきたのだ、と説明した。その言葉に、瑞龍たちは眼を輝やかせ、互いに顔を見合わせた。

男は、なぜ唐国に来たのかをたずね、小重太が暴風雨に遭い、十五日間漂流後唐国に着岸したことを簡単に述べた。男はそれを紙に書きとめた。

瑞龍たちは下船し、役人たちにともなわれて家並の間を進んだ。道は石畳で、瓦ぶきの家が軒をつらね、港町らしい賑《にぎわ》いにみちていた。

大きな門がまえの建物があり、通事は役所だと言い、瑞龍たちは階段をあがって八畳ほどの部屋に通された。

「この部屋から出ることは禁じます」

通事は、険しい表情で言うと去っていった。

翌朝、二人の役人が来て、瑞龍たちは役所を出て寺の本堂に似た広間に連れて行かれた。吟味所であった。

高級役人が二人奥から出てくると、曲彔に坐り、左右に十人近い役人が立った。

役人が唐国へ来た理由をただし、それを通事が通訳し、小重太が代表して答えた。

訊問《じんもん》は簡単で、高級役人の言葉を役人が通事につたえ、通事は瑞龍たちに、

「南京《ナンキン》、北京《ペキン》の御役人様のおうかがいを得るので、それまで神妙に控えておるように、と申されておる」

と、言った。

瑞龍たちは、揃《そろ》って頭をさげた。

高級役人は席を立つと、奥の方へ入っていった。

その日から、瑞龍たちは町なかにある会所（商人の集会所）の部屋ですごした。外に出ることは禁じられ、部屋の入口には番人が監視のため昼夜交替で腰掛けに坐っていた。

小重太が、きびしい表情で口を開いた。

南京、北京の役所から送還さしつかえなしという指令がくれば、自分たちは交易船に乗せられ長崎へ送られる。当然、身柄を奉行所に渡され、役人の吟味を受ける。遠島刑に処せられ、さらに種子島を島抜けしたことが発覚すれば、容赦なく死罪に処せられる。それを回避するためには、生国、名前を偽って素姓を知られぬように今から心構えをしておく必要がある。

瑞龍たちも同様の恐れを感じていたので、小重太の提案に即座に賛成した。

かれらは、思い思いに偽りの生国、名前を考え、それを口にし合って、今後は偽名で通すことに定めた。瑞龍は下総国《しもうさのくに》生れの周次、竹蔵は播磨《はりま》国忠次、小重太は尾張《おわり》国清吉、幸吉は陸奥《むつ》国庄吉とした。

当然、どのようないきさつで漂流する結果になったかを執拗《しつよう》に訊問されるはずであった。

これについては、講釈師として物語を読むことを常としていた瑞龍が、架空の話を組立てた。

竹蔵はかなり以前から幸吉と親しく、働きながら土佐国清水浦（高知県土佐清水市）まで来て、瑞龍、小重太と知り合った。

それぞれ大坂へ出たいと思って便船を探っていたところ、日向《ひゅうが》国（宮崎県）から椎《しい》茸《たけ》を積んで大坂へむかう小型回船が清水浦に入津《にゅうしん》してきた。積荷を椎茸としたのは、それが日向国の特産品であるのを瑞龍が知っていたからである。

瑞龍たち四人は、その船で大坂まで連れて行って欲しいと頼み、船に乗った。

「何人乗組みの船としたらいいか」

小重太の問いに、瑞龍は、

「船頭ほか水主二名の三人乗組みの船とする。船頭は伊平、水主の名は知らぬこととする」

と、言った。

瑞龍は、講釈を読むような口調で語った。乗った船は清水浦を出船したが、足摺《あしずり》岬《みさき》沖合いで大暴風雨に遭遇し、覆没の危険がせまったので積荷を海に投棄したが、それでも船は波に翻弄《ほんろう》されて水船になる恐れがあったので、帆柱を切り倒した。舵《かじ》も破壊されて船は漂流するままになり、そのうちに飢えと渇きで伊平と二人の水主が次々に果て、瑞龍たちも半死半生となって辛うじて唐国に漂着した。唐人は親切に介抱してくれ、さらに船中の三個の死骸《しがい》を運びおろして土葬してくれた。

この作り話に一同感嘆し、竹蔵は、

「証拠はなにもないのだから、御吟味を受けても、おれたちが口裏を合わせてその話をすれば、役人は信じる以外にあるまい」

と、眼を輝やかせた。

年が暮れ、弘化《こうか》三年（一八四六）の正月を迎えた。

町は賑いをきわめているらしく銅鑼《どら》や太鼓の音がきこえ、爆竹のはじける音が夜おそくまでしていた。

二月に入ると、役所から着衣、敷物、手拭《てぬぐい》が支給され、唐通事が役人とともにやってきた。南京、北京の役所から瑞龍たち四人の送還を指示してきたことを告げ、長崎奉行所への書類をまとめる必要がある、と言って、それぞれの名前を書きとめた。むろん瑞龍たちは、偽《にせ》の生国と名前を告げた。

「船はいつ頃長崎へ出船するのですか」

小重太が問うと、

「程なく……」

と、通事は答えただけで部屋を出ていった。

雪が降る日もあり、寒気がきびしかった。

身ぶり手ぶりの巧みな小重太が、番人にいつ頃船が長崎へ出帆するのかを繰返したずね、春が過ぎてからしいことをたしかめた。

長崎では個別に吟味を受けることが予想され、全員が同一の答えをする必要があるので、瑞龍の作った話を互いに反芻《はんすう》し合った。また生国についても、国名だけではなく瑞龍は下総国銚子鳥沢町、小重太は尾張国名古屋城下本町、竹蔵は播州《ばんしゅう》明石城下向井町、幸吉は奥州《おうしゅう》仙台城下芭蕉ノ辻《つじ》とした。それらは、各自がなにかの折に耳にした地名で、吟味の折に役人に少しでも疑いをかけられぬよう万全の準備をととのえたのである。

しかし、そのような配慮をしながらも、かれらには一つの大きな懸念《けねん》があった。それは、竹蔵と小重太の腕にほられている入墨であった。

竹蔵は重追放の禁をおかしたかどで、小重太は盗みを働いた罪でそれぞれ大坂の町奉行所で入墨刑に処せられている。二人の入墨は上腕部に幅五分（一・五センチ）ほど二筋引廻した同じ形のもので、それは大坂での入墨刑の定められた形状であった。もしもそれが長崎の役人の眼にとまれば、大坂で罪をおかしたことがたちまち発覚する。入墨刑の中には、手首に筋や悪という文字、額に数字や犬とほられたりしているものがあるが、竹蔵と小重太の入墨は左の上腕部にほられているのがわずかな救いで、衣服を身につけてさえいれば人の眼にはふれない。

竹蔵と小重太が罪を犯して捕われれば、入墨刑の前科があることがたちまちあきらかにされるが、瑞龍たちは破船して唐国に漂着した漂流民で、吟味と言っても漂流したいきさつと送還された事情を聴取されるだけで、罪人のように身体捜検を受けるとは思えない。一応の取調べを終えれば、すぐに解放されるにちがいなかった。

「決して袖《そで》まくりなどしないよう心して注意することだ。気づかうことはない」

瑞龍は、二人に慰めるように声をかけた。

竹蔵と小重太は、無言でうなずいていた。

春の気配がきざし、瑞龍たちは長崎へ送られる日がくるのを待った。

五月に入って間もなく、部屋に役人五人が下役を連れてやってきた。その中には唐通事もまじっていた。

役人がいかめしい表情でなにか言うと、通事が、

「近々、日本渡海の船二艘《そう》が出帆する。その船に二人ずつ分かれて乗船する手筈《てはず》になっているので、承知するようにと申されている」

と、言った。

瑞龍たちは喜び、竹蔵が、長い間親切に世話をしてくれた礼を述べ、通事がそれを通訳して役人に伝えた。

役人は、うなずき、通事と下役をしたがえて部屋を出ていった。

近々とはいつのことか、とかれらは話し合いながら日をすごした。むろん唐船は、日和《ひより》、風向を見定めて出帆する。気温は上昇した。

五月二十六日、役人と下役十人ほどが来て、通事が、

「忠次、庄吉。これより乗船する」

と、竹蔵と幸吉の偽名を読み上げた。

手荷物をまとめた竹蔵は、

「それではお先に……」

と、幸吉とともに役人たちにともなわれて部屋を出て行った。

六月一日、再び役人たちがやってきて、通事が瑞龍と小重太の偽名を口にし、二人は役所を出た。久しぶりにふれた外気が快く、瑞龍はまばゆい陽光に眼をしばたたいた。

家並の間を歩きながら、瑞龍は先行の二人はどうしたか、とたずねた。通事は二人の乗った唐船は、昨日出帆したと答えた。

港についた瑞龍と小重太は、小舟で船に行った。華やかに彩色された船で、色鮮やかな幟《のぼり》や旗が立てられている。長さ二十間（三六メートル）、幅五間（九メートル）ほどの大船で多くの水主が動きまわっていた。

船内にはいくつもの部屋があって、瑞龍たちは二人の下役に導かれてその一つに入った。船には多くの荷が積み込まれ、商人らしい姿もあった。

船は、日和、風向が好ましくないのかその日は港に滞留し、翌朝、出帆した。

前年の八月に種子島の磯《いそ》をはなれ、奇蹟《きせき》的にも唐国に漂着し、各地を転々とした後、日本にむかっていることが不思議に思えた。瑞龍は、時折り小重太と笑みをふくんだ眼を交していた。

出帆して六日目の夜から天候が一変し、船は帆をおろした。翌日は、さらに風雨が激しさを増し、船は激浪にもまれて潮のままに流されるようになった。

あらためて海の恐しさを感じた。時化《しけ》にあった丸木舟は木の葉のように波にせり上げられ落下することを繰返したが、唐船のような大船でも同じであるのを知った。丸木舟では排水につとめたためか船酔いのいとまもなかったが、瑞龍は小重太とともに激しい船酔いにかかって苦しんだ。

翌日も海は荒れに荒れ、夜になってようやく風波も弱まった。

夜が明け、船は帆をあげて進んだ。風は順風になっていた。

十三日午《ひる》近く、船は長崎湾内に入り、港口で停止した。

すぐに奉行所の役人が唐通事とともに舟でやってきて、型通りの臨検をし、ついで多くの小舟が二列にならんで唐船を曳《ひ》き、船はゆるやかに港の奥に入り、碇《いかり》を投げた。同時に安着を祝って、船上で銅鑼、太鼓が打ち鳴らされた。瑞龍は小重太と、長崎の整然とした家並とその背後の緑におおわれた丘陵をながめていた。

翌十四日四ツ（午前十時）すぎ、奉行所の役人が来て、唐船に乗ってきた唐国の役人立会いのもとに瑞龍と小重太が引合わされた。唐国の役人から奉行所に二人の漂流民を送ってきたという書類が渡されていたらしく、すぐに下船するように言われた。

二人は手廻りの物を手に小舟に乗って上陸し、役人にともなわれて奉行所におもむいた。

吟味所に導かれ、二人は膝《ひざ》を揃えて板の間に坐《すわ》り、出て来た吟味与力に額を床にすりつけて頭をさげた。

生国、名前を問われ、瑞龍と小重太はそれぞれ偽りの生国、名前を答え、書役《かきやく》が記録した。漂流して唐国に漂着したいきさつについて簡単な訊問がおこなわれ、その日の吟味は終った。

役人の態度は、犯罪人に対するものではないことからおだやかで、吟味後、役所つきの医者によって問診がおこなわれ、眼と舌を観《み》て別に異状はないとされた。

「異国におもむいた者は国禁をおかしたことになるが、その方どもは破船して唐国に漂着したというやむを得ぬ事情があり、法にはふれぬ。ただし、一応の吟味は必要で、その間、牢屋敷《ろうやしき》の揚り屋でひかえているように……」

役人は、淡々とした口調で言った。

瑞龍は、中庭で護送駕籠《かご》に乗せられる小重太の顔が蒼白《そうはく》であるのを見た。

入牢時の記憶がよみがえった。大坂の東町奉行所から牢屋敷の役人に引渡されると、ただちに裸体にされて衣類、頭髪、口中、足の裏まで仔細《しさい》に捜検され、それが終って衣類をかかえて牢内に突き入れられた。

瑞龍が大坂の牢屋敷で収容されたのは一般庶民が入れられる大牢で、役人は士分以上の者を拘禁する揚り屋でひかえているようにと言ったが、入牢時の手続きは大牢と同じであるにちがいない。捜検がおこなわれれば、たちまち小重太が大坂で入墨刑に処せられた者であることがあきらかにされ、大坂町奉行所に身分照会がされる。奉行所には当然種子島の役所から小重太ら四名の島抜けが報告されていて、小重太のみならず瑞龍らの罪状も露顕する。

瑞龍は、自分の顔からも血の色がひいているのを意識した。小重太の上腕部にほられた入墨が、自分も島抜けの重罪人として処刑されることに直結する。

瑞龍は、小重太について駕籠に身を入れた。二挺《ちょう》の駕籠が奉行所の門を出て町なかを進んでゆく。傍らに役人と下役がつき、小者たちが前後左右をかためていた。体に激しいふるえが起り、かれは膝を強くつかんでいた。口の中が乾き、歯が音を立てて鳴っていた。

やがて駕籠が、桜町の牢屋敷の門をくぐり、火の番所前でとまった。奉行所役人が、牢屋敷の役人に入牢証文を渡し、瑞龍は小重太と駕籠の外に出た。

牢役人と小者が近づき、二人を揚り屋の獄舎に導き、通路で足をとめた。入牢時にその場所で身体捜検がおこなわれるのが定めになっていて、瑞龍は、体のふるえがさらに増し、眼の前がかすむのをおぼえた。

捜検がはじまると思ったが、牢役人は歩き出し、牢格子《ろうごうし》の前で足をとめると錠をはずして扉を開け、中へ入るよううながした。

瑞龍は、足をよろめかせながら牢内に入り、小重太もそれにつづいた。役人は鍵《かぎ》をしめて通路を去った。

よかった、と瑞龍は胸の中でうめくように叫び、小重太は両手を突いて息をあえがせている。体の力が一時にぬけて、瑞龍は床に突っ伏した。

肩を強くつかむ者がいて、顔をあげると竹蔵が眼を光らせ、幸吉が小重太の手をにぎっていた。

四人は、声を低めて言葉を交した。竹蔵は幸吉とともに前々日に長崎に上陸して牢屋敷に送り込まれたが、入墨の発覚を恐れて生きた心地がしなかったという。もしかすると、おくれて牢屋敷に入ってくる小重太が入墨者であるのを知られるのではないか、と昨夜は幸吉ともども一睡もできなかった、と言った。

「肝を冷やした、冷やした」

竹蔵が忍び笑いをし、瑞龍たちも笑い、小重太は涙を浮べていた。

通常ならば、手荷物も没収されるが、そのようなこともなかった。奉行所では瑞龍たちを生還した漂流民として扱うように牢屋敷に指示し、牢役人も入牢の手順をはぶいたにちがいなかった。

かれらは、あらためて帰国できたことを喜び合った。揚り屋は二つあって、一方の牢は無人であった。

十日ほどすると、まず竹蔵が牢から出されて白洲《しらす》に引据えられ、次の日には幸吉、つづいて瑞龍、小重太が吟味を受けた。

奉行所の役人の態度はおだやかであったが、職務柄訊問《じんもん》は鋭く、生国、親兄弟のことを聴取し、回船が破船した状況や漂流時のことを執拗《しつよう》にたずねた。瑞龍は、日頃から若く見えると言われていたので、身許《みもと》をかくすため年齢を十歳下の四十六歳と答えた。吟味が終って牢にもどされると、他の者たちはどのような質問を受けたかをたずね、自分の吟味にそなえた。

牢屋敷でのかれらに対する扱いは優遇に近く、食事は良質で焼魚などがしばしばあたえられ、煙草《たばこ》をすうのも自由で、十日に一度の割で行水が許された。竹蔵と小重太は、左腕にほられた入墨をかくすようにして体を手拭《てぬぐい》でぬぐっていた。

吟味が繰返され、盛夏の季節を過ぎた頃、四人が同時に牢から出されて最後の吟味を受けた。

その席で、役人が、

「その方どもを一日も早く生国に帰す。これよりそれぞれの生地を支配する藩に連絡をとり、早々に引取りにくるよう要請する」

と、にこやかな表情で言った。

瑞龍たちは手を突き、頭を深くさげた。

牢にもどされたかれらは、互いに顔を見合わせた。

生地の藩の者を引取りにこさせるという役人の言葉に、かれらは口もきけぬほどの衝撃を受けていた。奉行所で吟味が一段落して疑わしきことなしと判定された折には、そのまま解放されると思い込んでいたが、それが誤算であるのを知った。奉行所は、漂流民を無事に生地にもどす義務を課せられていて、そのため正式の引取人を呼び寄せる手続きをとる定めになっていたのだ。

瑞龍たちは、口から出まかせに親族について役人に告げたが、偽りの生地にそのような者がいるはずがない。該当者なしという回答がつぎつぎに奉行所に寄せられれば、奉行所では当然、疑念をいだき、あらためて徹底した吟味をおこない、鋭く追及することは確実だった。

曖昧《あいまい》な陳述をすれば苛酷《かこく》な拷問《ごうもん》にかけられ、その結果、四人の素姓がすべてあきらかになって遠島刑で種子島に送られ、さらに島抜けしたことも露顕する。

四人の顔はこわばり、眼に恐怖の色が浮んでいた。

奉行所では今日にでも四人が生国と述べた地を支配する藩に書状を送り、身柄を引取りにくるよううながすだろう。藩では、要請にもとづいて調査し、意外にもその事実がないことを知って奉行所に報告する。その書状の往復には一カ月近くがかかるにちがいなかった。

重苦しい沈黙がつづき、次の日も口をきく者はいなかった。

瑞龍は、食事に手をつける気にもなれず、夜も眼が冴《さ》えて眠りにつけない。竹蔵たちも寝返りをしきりに打ち、深い息をついていた。

あらためて島抜けをした罪が、重く体にのしかかってきた。魚釣りで丸木舟に乗り、磯が無人であったことから、脱島したが、思い返してみると、それはその折のはずみで、軽い気持であったと言ってもいい。しかし、その行為は重罪で、自分たちは極刑に処せられる運命にある。

望みの全くない種子島での生活であったが、そのまま島で朽ち果てた方がよかったのかも知れない。かれは、斬首《ざんしゅ》される恐怖に、体がふるえた。かれは端坐《たんざ》して獄舎の木の壁に眼をむけ、夜は背を丸めて横になった。

夜明け近くようやく眠りに入った時、体をゆすられ眼を開いた。通路にある灯が獄舎の中に淡くさしていたが、眼の前に小重太の顔があった。

「破牢しよう」

小重太の低い声がした。

瑞龍は、横になったまま小重太の光る眼を見つめた。鉄の棒を背筋にさし込まれたように、体が硬くこわばった。

「このまま首を刎《は》ねられるのはいやだ。せっかくこれまで生きてきたのだ。逃げよう、逃げよう」

押し殺したような小重太の声には、悲痛なひびきがあり、眼が涙で光っている。

瑞龍は、背筋に冷たいものが走るのを感じた。自分の気持も小重太と同じであった。勇をふるって脱島し、大時化にあって辛うじて死をまぬがれ、さらに飢えと渇きにさらされて息も絶えだえに唐国に漂着した。そのような死の淵《ふち》まで行き、そこから脱《ぬ》け出たのに斬首されるのは堪えられない。なんとしてでもこの獄舎からのがれ、生きつづけたい。

「破牢すると言っても……」

瑞龍は、息を吐くようにつぶやいた。

長崎は、日本でただ一つの異国との交易を許されている港であるだけに、他の地にはみられぬ犯罪が発生している。抜け荷と称する密貿易、異国の商人と役人との贈収《ぞうしゅう》賄《わい》、商取引の紛争などがしばしばみられ、港町特有の犯行も起っていて捕われた者が牢屋敷に収容される。それだけに獄舎はきわめて堅牢につくられ、それを破るのは到底不可能であった。

小重太が、さらに顔を近づけた。

「御吟味が終ってから、牢の守りがゆるやかになったと思わないか」

低い声に、瑞龍は、小重太がなにを言おうとしているのか、と首をかすかにかしげた。

「昨夕、食事を運んできた牢番が、盛相《もっそう》を牢に入れて去ってそれを取りにくる間、牢の錠前をかけずにいた」

小重太の眼に鋭い光が浮んだ。

瑞龍は気づかなかったが、敏感な小重太は牢番の動きをひそかにうかがっていたのだろう。

たしかに小重太の言うように、牢番の監視は、吟味が終了した日からやわらいだものになっている。それまでも、犯罪とは無関係の漂流民であることから、牢番は張番所から出て来て、牢格子越しに親しげに声をかける。妻はいるかとか、親は達者なのかとたずねたり、腹具合が悪いと言うと煎《せん》じ薬をあたえてくれたりする。

牢番は二人いて、牢屋敷を支配する牢守も定められた時刻に牢獄を見廻りにくるが、牢格子を通して内部に視線をむけるだけで去ってゆく。

吟味が終ってからは、牢守は見廻りにくることもなく、牢番も張番所にいるのかどうかもわからない。牢格子の外にやってきて、

「早く故里《ふるさと》から迎えの者がくるといいな。帰れば、親兄弟も妻子も泣いて喜ぶ」

と、頬をゆるめて言ったりした。

牢番が錠前を、たとえ短い時間でもかけずにいたということは、あきらかに監視の

眼がゆるんでいることをしめしている。かれらにとって瑞龍たちは、きびしく拘禁しておく対象ではなく、牢外に出てもさしつかえない存在に近いものなのだろう。

「よくわかった。皆と慎重に相談しよう」

瑞龍は、横になったまま小重太の肩をたたいた。

小重太の顔にかすかに笑いの表情がうかび、瑞龍の傍らをはなれていった。

翌日、瑞龍は、小重太がひそかに竹蔵と幸吉にそれぞれ低い声でなにか話をしているのを見た。当然、監視がゆるんで錠前を牢番がかけずにいたことを説明し、破牢をうながしているにちがいなかった。

竹蔵も幸吉も表情をこわばらせながらも、無言でうなずいていた。

瑞龍たちは、牢番の動きをひそかにうかがった。

食事時になると、牢の扉をあけて四人分の盛相を床に置き、煙草を傍らに置くこともある。瑞龍たちはやわらいだ眼をむけ、小重太は気さくに声をかけ、牢番と他愛《たわい》ない話をした。牢番は、大儀そうに錠前をかけ、去っていった。

翌九月九日七ツ半（午後五時）に、牢番がいつものように盛相を運んできて、牢内に入れた。

瑞龍は、牢番が扉をしめただけで錠前をかけずに通路を張番所の方にもどってゆくのを見た。体が熱くなり、小重太を見つめたかれは、小重太の眼が異様に光っている のを眼にした。

竹蔵は、午睡をしていて、小重太が近寄り肩を激しくゆすった。はね起きた竹蔵に、小重太は扉の方に眼をむけ、錠前がかかっていないことを手ぶりでしめした。

俄《にわ》かにかれらの動きがあわただしくなり、手廻りの物を風呂敷《ふろしき》に包み、さらに牢の隅に置かれた傘をそれぞれつかんだ。それは、雨の日に吟味所へ呼ばれた時に使う傘で、牢内に置かれていた。

小重太が扉を静かに押し開け、張番所の方をうかがった。牢番の姿はないらしく、小重太は振返るとうなずき扉の外に出て、瑞龍たちもそれに従った。

小重太は、吟味所へ呼ばれた時に見知っていたらしく、揚り屋の建物を出ると身をかがめて左の方向に小走りに進んだ。そこには大牢のある場所との仕切りの練塀《ねりべい》があって、小重太は塀に沿って進み、井戸の傍らを過ぎた。

前方に牢屋敷の高い塀があり、瑞龍たちは小重太の後ろについてそれに沿って進み、井戸のかげに身をひそめた。前方に鉤《かぎ》の手に石垣があり、そこに裏門がある。石垣の裏手には牢守の家があるが、門のあたりに人気はない。

小重太が背を丸くして走り、瑞龍たちもそれにつづき、裏門をくぐると石段を駈《か》けおりた。

そこには町の道があり、かれらは足早やに歩いた。瑞龍は、後方から追ってくる足音がするような予感がしたが、それらしい気配はなかった。

両側に家並がつづき、人が通り、町駕籠《まちかご》が行き過ぎる。瑞龍は走りたい衝動に駈られたが、周囲に視線を走らせながら小重太の後について道の角を曲ることを繰返した。

家並が切れ、雑草の生い繁《しげ》った原がひろがり、道の傍らに樹木がつづいている。人家はなく、上り傾斜になった道をかれらは走り出した。長崎は町の隅々まで奉行所の眼が光り、かれらは一刻も早く町をはなれたかった。

道はうねっていて、薄暗い林の中に入った。瑞龍は息を喘《あえ》がせながら、走ることをつづけた。

人家がまばらに散っている個所に来た時、後方を走っていた小重太が膝《ひざ》を突くのが見えた。それに気づいた瑞龍は、竹蔵と幸吉を呼びとめ、小重太に近づいた。

小重太は激しく咳込《せきこ》み、肩を波打たせてうずくまっている。口から涎《よだれ》が垂れていた。顔を上げた小重太は、胸をおさえて顔をゆがめ、先へ行ってくれというようにしきりに手を動かしている。顔に血の気はなく、突っ伏すと苦しげな咳をした。

瑞龍が小重太の腕に手をかけたが、小重太は手をふり、やむなく傍らをはなれると、竹蔵、幸吉とともに道を急いだ。小重太は、やがて息をととのえて追いついてくるにちがいなかった。

かれらは、よろめきながらも走ることをつづけた。夕闇《ゆうやみ》がひろがりはじめ、前方に二、三軒の家が見え、その傍らに日見峠と書いた木標が立っているのを眼にした。その家が峠を過ぎる旅人改めをする番人の家のように思え、瑞龍たちは家をうかがいながらその前を足早やに通りすぎた。

道は下りになって、かれらは暗くなった道を小走りに歩いた。闇に眼がなれ、かれらはほのかに見える道をたどった。樹林の中の道を進み、それが切れて広い草原に出たりした。すでに小重太が追いついてくることは考えられず、小重太は才覚を生かして逃げのびるだろう、と思った。

どこを歩いているのかわからず、東の方向にむかっているのがおぼろげながら察しられた。

かれらは、かすかに見える小道を休むこともせず歩きつづけた。長崎の町からかなりはなれているのはたしかで、ようやく気持も落着いた。恐らく牢屋敷《ろうやしき》では四人の姿が消えたことに、騒然としているにちがいなかった。

九ツ（午前零時）すぎと思える頃、雨が落ちてきて、さらに激しさを増し、風も強くなった。

かれらは手にした傘をひろげて歩いていったが、耕地の傍らに小屋があるのを見出《みいだ》し、その中に入った。小屋は農家の物置き場になっているらしく、鍬《くわ》や背負い籠《かご》などが置かれていた。

かれらは、くずおれるように土間に腰をおろした。足がしびれて息苦しく、瑞龍は闇の中で何度も深く息をついた。

「ここまでくれば……」

闇の中で竹蔵の喘ぐような低い声がした。

瑞龍はうなずいたが、頭がかすみ、たちまち重々しい眠気がひろがってゆくのを感じていた。


肩をゆすられ、眼をさました。

夜明けが近いらしく、小屋の中がかすかに明るみ、竹蔵と幸吉がすでに手荷物を手にしているのが見えた。

瑞龍ははね起き、風呂敷包みと傘をつかんだ。

竹蔵と幸吉が小屋の外に出て、瑞龍もその後にしたがった。雨はやんでいて、空に淡い星の光が散っている。

無言で足早やに歩き出した。長崎奉行所では捜索の者を四方に放っているはずで、今にも後方から追手がやってくるような恐れを感じた。

夜が白々と明けてきて、小鳥のさえずりがしきりになった。道はぬかっていて、所々に水溜《みずたま》りが出来ている。

右前方に低い丘を背にして十軒ほどの農家が寄りかたまり、炊煙がかすかに立昇っているのが見えた。家の前を通ると見とがめられる恐れがあると考えたらしい竹蔵が、道をはずれて山林の中にふみ込み、瑞龍も幸吉とそれに従った。樹幹の間を縫うように進み、傾斜地を伝って歩いた。

下方の道をへだてて農家が近づき、傍らの細い渓流の岸で桶《おけ》に水を汲《く》み入れている女の姿が見えた。竹蔵は足をとめて樹幹のかげに身を寄せ、女が天秤棒《てんびんぼう》で桶をかついで農家に入るのを見定めてから、再び歩き出した。

かれらは、樹林の中を足をはやめて歩きつづけた。朝の陽光がひろがり、青い空も見えた。足もとがおぼつかなく、濡《ぬ》れた土はすべり易《やす》いので、かれらは何度も腰をおとした。

下方に耕地や農家が所々に見え、牛をひいた男が道を歩いてゆく姿も眼にした。

瑞龍たちは身をひそめ、注意深く道を見下ろしながら進んだ。

昨夜からなにも口にしていないので足がだるく、疲労が体をしびれさせていたが、かれらは無言で歩きつづけた。捕えられれば首を刎《は》ねられるという恐れが、かれらの足をはやめさせていた。

太い樹木の根をふみ越えた瑞龍は、足をすべらせて転倒した。右足首に激痛が走り、かれは呻《うめ》き声をあげた。先を歩いていた竹蔵と幸吉が、それに気づいて引返してくると、腕をとって瑞龍を立ち上がらせ、両側からかかえて歩き出した。瑞龍は顔をゆがめ、片足で土を突いて進んだ。

樹林が切れて、前方に清流の流れる河原が見下ろせた。竹蔵は立ち止まると、彎曲《わんきょく》してのびている河原をうかがって人気がないのをたしかめ、斜面を下って低い土手を越え、河原のふちで足をとめ、瑞龍の体をおろした。

竹蔵と幸吉は荒い息をつき、肩を喘がせている。陽は高く、瀬を走る水がまばゆく光っていた。

竹蔵が立って川の水を何度もすくって飲み、掌《てのひら》に水を満たして瑞龍の前に差出した。瑞龍は口をつけ、咽喉《のど》を鳴らせて飲んだ。

礼を言った瑞龍は、

「足をひねったらしい。歩くのは辛《つら》い。先に行ってくれ。私は少し休んでゆく」

と、竹蔵に眼をむけた。

「遠慮はいらぬ。ここまで逃げのびてきたのだ。背負ってでも連れて行く」

竹蔵は、瑞龍を見つめた。

瑞龍は首をふり、

「三人揃《そろ》って行くのは見とがめられる恐れがある。私はここで休んでゆく。道を急げ」

と、年長者らしい口調で言った。

竹蔵は口をつぐみ、河原に眼をむけた。水鳥が、尾を上下させながら岩から岩へと移っている。

「先に行け」

瑞龍が言うと、竹蔵は、

「それでは、そうさせてもらおうか。別れるのは辛いが、無事に逃げおおせてくれ」

と、前方を見つめたまま言い、腰をあげた。

瑞龍は、竹蔵と幸吉が河原を進み、浅い瀬に足をふみ入れて渡ってゆくのを見送った。二人は、川を渡ると、土手のかげにかくれていった。

瑞龍は、土手の雑草の茂ったたくぼみに這《は》ってゆき、体を横たえ仰向《あおむ》きになった。空に雲がゆったりと流れている。一人になったことで少しくつろいだような気分になり、顔を横にすると眼を閉じた。

目ざめたかれは、空が夕焼けの色に染まっているのを見た。

かれは体を起し、河原を見渡した。人の気配はなく、西の空を鳥が群れをなして渡っているのが見えた。

足首の痛みが薄らいでいるのに気づき、かれは恐るおそる腰をあげた。足をふんでみると、痛みはしたが、歩くのに差しつかえはないように思えた。

傘を杖《つえ》がわりにし風呂敷包みをつかんで、足をふみ出した。河原の石を注意しながら歩き、浅瀬をふんで渡り、対岸の土手を越えた。

樹林がひろがっていて、その中に細い道が通じている。かれは、その道を竹蔵と幸吉が歩いていったのだ、と思いながら、傘を突き足をひきずりながら進んだ。

夕闇がひろがり、空に少し欠けた月が昇った。

樹林が切れ、耕地が月の光に浮び上がって見えた。かれはその中に足をふみ入れ、土を掘った。芋がつらなって現われた。

かれは、それにかぶりついた。甘みが口中にひろがり、咀嚼《そしやく》し、咽喉に流し込んだ。

盗みをしたことのないかれは、片手で芋を拝み、口に入れつづけた。漂流中は飢えにさらされたが、大海と異なって大地には至る所に食物があり、飢え死にすることはないのだ、と気持が安まるのを感じた。

かれは、芋を風呂敷包みの中に数個入れ、道に引返すと歩きはじめた。

夜が明け、樹林の中に入って眠った。竹蔵と幸吉はどのあたりまで行ったのか、かなり先まで逃げのびたにちがいない、と思った。足の痛みはさらに薄らいでいた。

冷たいものが顔にふれ、かれは目をさました。小雨が降りはじめていた。かれは立ち上がり、道に出た。雨が本降りになり、傘をさして道をたどった。

しばらくすると、前方から笠《かさ》と蓑《みの》をつけ鍬を肩にした男が歩いてくるのが見えた。瑞龍は体をかたくし、歩きながら頭をさげると、男もそれにこたえて通り過ぎていった。

おびえることは、却《かえ》ってあやしまれるもとになる、と自らに言いきかせた。自分はただの旅人で、それに徹することが必要なのだ、と思った。

かれは、芋をかじりながら歩きつづけた。

夕刻近く、空気にかすかに潮の香がし、やがて前方に集落が見え、その後方に海のひろがりを眼にした。

船着場に船灯をともした一艘《そう》の荷船がつながれているのが見えた。雨が小降りになっていた。

瑞龍は足をとめ、船を見つめた。どこに行く船か、いずれにしても、それに乗ればこの地をはなれることができる。

船着場と言っても簡素なもので、番所らしい建物はない。この地でただ荷を積み込むかおろすために船を寄せているのだろう。海岸に人の姿はなかった。

かれは、歩き出し、船に近づいた。雨を避けて船内に入っているのか、無人の船のように見えた。

「どなたかおりますか」

かれは、声をかけた。

それを耳にしたらしく、船上に人影が湧《わ》いた。

「この船は、どこへ行くのですか」

かれは、丁髷《ちょんまげ》がほのかに白く見える男に声をかけた。

「肥後の熊本だ」

しわがれた声であった。

「乗せてくれますか」

「それはいいが、風向きが悪く、明日、出るかどうか」

「それでは明日、来てみます」

瑞龍が言うと、男は消えた。

行先が熊本だと言うことに、瑞龍は胸がはずむのをおぼえた。現在立っている地がどこだかわからぬが、いずれにしても長崎と地つづきの土地からはなれることができる。船と出遭えたのが幸運に思えた。

どこで夜をすごそうか。海岸に近く漁師の家らしい家が二十戸ほど見えるが、家に近づくのは危険に思えた。もしかすると、すでに長崎奉行所の手配がのびているかも知れない。

海岸の端に、小屋があるのが夕闇の中に見えた。かれは、家の方に視線を走らせながら砂礫《されき》をふんで小屋の方に歩いた。戸のない粗末な小屋で、人気がないのをたしかめて近づき、内部をのぞき込んだ。漁具の物置き場らしく、大きな魚籠《びく》や木箱などがおさめられている。

かれは、傘を閉じ、内部に足をふみ入れた。

土間に腰をおろし、魚籠に背をもたせかけた。船は、渡海して肥後国熊本に行くと船上に姿を見せた男が言ったが、するとこの地は島原ではないだろうか。長崎からのがれて東へ東へと進み、島原の東海岸にたどりついたのか。

かれは、五十余年前の寛政年間に島原の温泉岳《うんぜんだけ》（現在の雲仙岳）が噴火し、轟音《ごうおん》とともに大崩落を起して土石の流れが多数の人家をのみ込み、さらに海に突き進んだことを思い起した。それによって大津波が発生し、それは海をへだてた熊本藩領にも押し寄せて大被害をもたらした。その災害は、「島原大変、肥後迷惑」という語をうみ、それは大坂でも流行《はや》り言葉のようになって、瑞龍も講釈の前の客との雑談で何度か口にしたことがある。

その災害を反芻《はんすう》した瑞龍は、まちがいなく島原の東海岸にいるのを感じた。海を渡れば、一応捕われる危険は遠のき、かれは気持が安らぐのをおぼえ、眼を閉じた。

翌早朝、かれはかすかに人声を耳にして起き、小屋から這うようにして出た。浜では漁師たちが舟を出していて、次々に浜をはなれてゆく。十二、三艘の舟であった。

空は晴れ、淡い雲がゆるやかに流れている。荷船の方に視線をのばすと、船上で動く二人の男が見えた。

かれは、衿《えり》をととのえて歩き出し、船の方に近づいた。男の一人が、つなぎとめた舵柄《だへい》の綱をほどいているのが見え、出船の仕度をしているのを知った。

船に近寄った瑞龍は、

「熊本まで乗せていって欲しいのだが……」

と、髪に白いものがまじった男に声をかけた。

こちらに顔をむけた男が、

「ほいよ」

と、答えた。

瑞龍は、岸と船の間に渡された板をふんで船に乗った。

荷は積み込まれていたが、乗船客はなく、かれは敷かれた蓆《むしろ》の上に坐《すわ》った。操船するのは二人の男だけで、無言で出船の準備をし、やがて船着場の杭《くい》につながれていた綱がはずされ、船がゆらぎながらはなれた。

男の一人が櫓《ろ》をつかんで漕《こ》ぎ、他の男が帆綱をひいて帆をあげた。帆が風をはらんでふくれ上がり、船は進みはじめた。

瑞龍は、岸に眼をむけた。集落の背後に緑におおわれた丘陵のつらなりが見え、その後方に煙を吐く岩だらけの山がそびえているのを眼にした。

山容が荒々しく、それが大災害をまき起した温泉岳にちがいなく、瑞龍は島原をはなれてゆくのを感じていた。

九月九日に瑞龍、竹蔵、小重太、幸吉が桜町牢屋敷《ろうやしき》の揚り屋を脱出したことは、日没時まで気づかれなかった。

揚り屋の牢番は程八と弥十郎で、連日、揚り屋の外に設けられた張番所に詰めていた。二人が監視に当るが、専任当番を一日置きにつとめる仕組みになっていて、その日の専任は程八だった。

夕暮れ時に、牢屋敷を支配する牢守の青木啓五郎が見廻りのため張番所にやってくると、程八一人がいた。青木は程八と揚り屋に行ったが、意外にも牢の扉が少し開き、内部をのぞき込むと瑞龍たち入牢者の姿はなかった。

牢屋敷にあわただしい空気がひろがった。

青木は、ただちに奉行所に使いの者を走らせて通報し、奉行所から与力、同心が小者を従えて駈《か》けつけた。一同、屋敷の内外を探ったが、四人の姿はなく、破牢したことが確実になった。

奉行所にもどった与力は、奉行井戸対馬守《つしまのかみ》（覚弘）に報告するとともに各方面に捜索の者を放ち、発見捕縛し、連行することを命じた。

監視にあたっていた程八と弥十郎に対する訊問《じんもん》が、牢守の青木立合いのもとに与力によっておこなわれた。引据えられた程八と弥十郎の顔は蒼白《そうはく》で、体をふるわせていた。

破牢したと推定される時刻に、弥十郎は牢屋敷の敷地内にある自分の家に夕食をとるために行っていて、張番所にもどる定刻からかなりおくれていた。また、程八は、弥十郎が食事に行っている間、便所に行っていて張番所が無人になった時があったことがあきらかになった。

なぜ、牢の扉が開いていたのか。

その点について、与力は当番の程八をきびしく追及した。鍵《かぎ》は二人の牢番がそれぞれ携帯していて、牢内に収容されている者が頑丈な錠をあけられるはずはない。合鍵をつくったのか、とも思われたが、牢内に刃物その他の持込みは厳禁されていて、それをつくるのは不可能であった。

残された疑いは、程八が鍵をかけ忘れたことだけであった。

それについて追及すると、程八は激しく否定した。鍵をかけるのは牢番の第一の義務で、かける度に錠前が正しく閉ざされているかを確認し、これまで怠ったことは神仏に誓って決してない、と声をふるわせて訴えた。

程八の弁明が偽りであるという証拠は見当らず、与力は吟味を打切り、書役《かきやく》は破牢

について、

「(瑞龍たち四人が) 如何《いかが》手段いたし候哉《そうろうや》　錠前を迦《はず》し迯去《にげさり》候次第」

と、記録した。

程八と弥十郎は、牢守の青木啓五郎預りとなって拘禁された。

奉行所では、瑞龍たち四人が罪人ではなく送還された漂流民であることから、その破牢を重大視しなかった。しかし、牢からの脱走であることに変りはなく、それは牢屋敷を支配下におく奉行所の面目をふみにじるもので、大がかりな捜索がくりひろげられた。

しかし、その月の下旬になっても、四人はどこへ逃げたのか行方は不明であった。

その頃、井戸が江戸詰めとなって去り平賀信濃守《しなののかみ》(勝足)が奉行に着任したが、奉行宛《あて》に与力たちを極度に不審がらせる書状が次々に到来した。

奉行所では、奉行名で瑞龍たちが陳述したそれぞれの生国を藩領とする各藩に、瑞龍たちが漂流民として生還したので引取りにくるよう要請したが、その回答書が送られてきたのである。それらは全く同一の内容で、各藩ではそれぞれ瑞龍たちの故郷に藩士をおもむかせたが、意外にも該当者はなく、住人もそのような者の存在は全く知らぬという。

与力たちは呆気《あつけ》にとられ、協議の末、瑞龍たちが生国、名前その他を偽って陳述したと判断した。

なぜ、そのようなことをしたのか。

与力たちは、その背後に重大な犯罪がひそんでいると推定した。犯行が露顕しないように偽りの陳述をし、それを奉行所が信じ込んだことに安堵《あんど》していたが、生国から引取人を呼び寄せるのを知って狼狽《ろうばい》した。当然、偽りの陳述をしたことがあきらかになり、さらに犯行も明白にされ、それは極刑に相当するような犯罪で、そのため破牢という行為に及んだと推測された。

破牢は、漂流民の逃走ではなく重罪人の脱獄ということになり、俄《にわ》かに奉行所の動きがあわただしくなった。

奉行は、ただちに江戸の老中に書状を送って破牢のあらましを伝え、凶悪事件に関与している確率がきわめて高いと推定されるので、調査して欲しいと要請した。すでに紅葉の色がさめ、枯葉が舞うようになっていた。

やがて大坂東町奉行所からの書類が急送されてきて、その内容に奉行所は色めき立った。

一昨年に講釈師瑞龍事《こと》富三郎、竹蔵、幸吉が遠島刑で種子島に送られたが、それより三年前に島へ流された小重太とはかり、昨年八月、漁船を盗んで島抜けをし行方知れずになっている、と記されていた。年齢、人相から察して、ほぼそれらの者と推定される、とも添え書きされていた。

　奉行所の与力たちは、周次と名乗っていた男のことを思い浮べた。四人が唐国ですごした経過の陳述は一致していて、疑わしき節はみられず、その中で周次が日本漂流人と達筆で記したとされている。またかれが、絶えず背筋をのばして正坐《せいざ》し、弁舌もさわやかであったのは、講釈師であるなら当然で、さらに文字を書くこともできるはずで、周次は瑞龍事富三郎にまちがいないということになり、破牢したのは島抜けをした四人と断定した。

　ただちに手配書の作成にかかり、島抜け、破牢の罪状と人相書を添え、全国諸藩に十月二十七日付で急送した。その手配書作成と送付は、書物改方《あらためかた》初村玄助と書役三宅運平が担当した。

　瑞龍の人相書は、瑞龍事富三郎として偽名の周次という名も記され、年齢は奉行所で陳述した通り十歳若い四拾六歳とされていた。

　人相としては、
一、中背

一、肉肥（え）たる方《ほう》
一、顔凡《およ》そ白き方
一、眉毛《まゆげ》薄く　眼小（さ）き方
一、鼻耳常躰《じょうたい》
一、髪うすき方
一、歯並揃《そろい》
一、弁舌さわやかなる方
着衣は黒木綿の単物《ひとえもの》に黒羅紗《ラシャ》の帯をしめ、傘一本所持していると書かれていた。竹蔵、小重太、幸吉の人相書にも容貌《ようぼう》、話し方の特徴が書かれ、同じように傘を持っていることが記されていた。

破牢を阻止できなかった牢番については、その職を取り上げ、程八は五十日手鎖、弥十郎は三十日手鎖の刑に処せられた。また牢守青木啓五郎は、牢番に対する監督不行届の責任を問われ、急度叱《きっとしかり》を申渡された。

弘化四年が明け、瑞龍は、周防灘《すおうなだ》に面した豊後《ぶんご》国国東《くにさき》の漁村にいた。かれは、島原から荷船に乗って熊本につき、三百文の船賃を払って下船した。一応、危地を脱したようだったが、長崎奉行所の手配書が広く配布されているにちがいなく、その手からのがれるためには、どのようにすべきか。

かれは、家並の上に見える熊本の城に畏怖《いふ》をおぼえ、城下町に入ることを避け、東の方に通じる道をたどり、田畠《でんぱた》のひろがる村に入った。

村はずれに、小さな神社があり、無人であるのをたしかめて扉をあけて身をひそめた。

かれは、思案した。

九州の地をはなれることが、なによりも必要で、出来れば山陽道の方にのがれたかった。

そのためには一般的な道筋として、鹿児島を起点とした薩摩《さつま》街道を熊本から北へ進み、さらに長崎街道を東にたどって小倉《こくら》に至り、赤間関の海峡を舟で渡って長州藩領に入る。しかし、その道をたどると佐賀、福岡両藩領を通過することになり、両藩は、一年おきに交替で長崎警備を命じられていて、長崎奉行所とは密接な関係にあり、手配書は、ひろく領内に配布されているはずだった。それに、九州から山陽道へ通じる玄関口の小倉にはきびしい監視の眼がそそがれていて、赤間関を渡海する旅人改めは厳重をきわめているにちがいなかった。

瑞龍は、その道筋をたどることは捕縛されるのに確実につながると判断した。

赤間関を渡海することは絶対に避けるべきで、それ以外に長州藩領へ入る方法はあるか。豊後国の国東は、周防灘をへだてて長州藩領と向い合っている。当然、その地との間に物資や人の交流があるはずで、そこから舟で長州藩領に入ればいい。

国東に行くには、豊後街道を東にたどり、それから海岸線を北へ進めば国東に至る。街道は山岳地帯を横断していて、潜行するには恰好《かっこう》の道筋に思えた。

瑞龍は、ためらうことなく豊後街道を東にむかって歩き出した。主要街道ではないので旅人の姿は少く、その道を選んだのが賢明であるのを知った。しかし、油断はならず、道を急げば不審がられるので、かれは、意識してゆったりと道をたどった。

夜は、街道からはなれたわびしい百姓の家におもむき、宿を請《こ》うて飯を食べさせてもらい、睡眠をとった。わずかな宿賃をさし出したが、取らぬ百姓が多かった。

大津の宿場が近づいたが、旅籠《はたご》に泊るのを避け、百姓家に行って泊った。

道は山岳地帯に入り、両側に杉の樹木が生い繁《しげ》るようになった。

瑞龍は、時折り後方をうかがい、足早やに山道を登ってくる男を眼にすると、急いで樹林の中に入り、身を伏して道に視線をむけた。男が追手のように思え、通り過ぎてからも長い間林の中に身をひそめていた。

二重峠《ふたえのとうげ》を越えた。右手に阿蘇《あそ》の山並が迫っていた。

内ノ牧では、酒屋に行って酒を買い、林の中に入って久しぶりに酒を飲んだ。寒気がきびしく、冷えた体が温まった。

かれは、百姓家に泊ることをつづけたが、旅籠に泊らぬことを疑われぬように懐中が乏しいと偽わり、同情した百姓が昼の弁当を持たせてくれることもあった。

坂梨の町では、馬をひく者が集まる飯屋で昼食をとった。かれらは、旅装姿の瑞龍に親しげに声をかけ、

「大坂に坂はないが、この坂梨には坂がある」

と言って、笑った。

瑞龍も笑ったが、大坂という言葉に背筋が冷えるのを感じた。

険しい山道をたどり、久住《くじゅう》についた。右に折れると竹田の城下町に通じ、街道はさらに東北の方向にむかっていた。堤村をへて七瀬川に沿って野津原《のつはる》を過ぎ、府内（大分市）に至った。すでに十一月に入っていた。

かれは、海岸沿いの道をたどり、正月明けに国東の漁村に入った。海をへだてて陸影が見え、それが長州藩領であるのを知った。

浜で漁から帰ってきた男に話しかけ、その家に逗留《とうりゅう》させてもらった。親切な男で、

瑞龍は酒を買ってきて、夜、炉端で男と酒を酌《く》み合った。

長州藩領におもむきたいと言うと、国東近くに姫島という島があり、そこに行くと防州の三田尻《みたじり》との間を往来する舟が多いことを教えてくれた。

瑞龍は喜び、長州藩領に入ってからのことを考えた。

防州の地に上陸し、山陽道を東へ進めば大坂の町に至る。なつかしく、町の土をふみたかったが、むろんそれは確実に捕われることにつながり、近づくのも危険であった。それに山陽道は天下の大道で、監視の眼が光り、それをたどることは避けなければならなかった。

懐中が、さすがに心細くなっていた。なにか金銭を得る道を探らねばならず、日雇いの仕事につくことが一応考えられたが、六十歳近い身に労働は堪えられない。自分の旅廻りの講釈師として日をすごそうか、と思った。自分の生きる手だてはそれ以外になく、最も容易に金銭を得る手段であった。

かれは、大坂にいた頃、防州の三田尻という地名を何度か耳にしていた。

三田尻は、長州藩の御舟倉のおかれた港町で、回船の出入りがしきりだという。その附近一帯には塩浜があって、それらの地で産する大量の塩は三田尻に集められ、防長塩として各地に出荷され、大坂の市場にも送られて来ている。三田尻という地名には、豊かな港町という印象が瑞龍にはある。

また、天保《てんぽう》改革令で興行にきびしい制約を受けた大坂の歌舞伎《かぶき》役者が、大坂をはなれて三田尻に行き、小屋掛けをして人気を集めているともきいた。そのことから三田尻は芸能に理解のある自由な気風を持つ町で、それは幕府の改革令が長州藩に強く及んでいないことをしめしているからのようにも思えた。

講釈は、江戸、大坂、京にかぎられていると言ってよく、地方に出て稼ぐ旅廻りの講釈師は、豪農や豪商の家の座敷で講釈を読み、謝礼を受ける。旅廻りの地として三田尻は好適な地に思えた。

しかし、瑞龍は、そのような富裕な家で講釈をする気は毛頭なかった。手配されている身で、まず目立つことは徹底して避けなければならない。それに謝礼を得るにしても、その日の食い扶持《ぶち》が手にできればよく、一般の家で数人の者を相手に読んで歩くのが望ましい。

熊本から険しい山道を旅している間、自分が目ざす長州藩領が、歴史的にも好感のもてる地であるのを感じていた。

藩は毛利家を藩主と仰いでいるが、毛利元就《もとなり》の孫の輝元《てるもと》は、天正十年（一五八二）に備中《びっちゅう》国高松城の戦いで豊臣秀吉と和睦《わぼく》し、その後、秀吉の大きな支えとなった。徳川方の東軍と豊臣方の西軍の関ヶ原の戦いでも毛利家は西軍の総大将となったが、徳川家康の巧妙な工作によって家康と和睦した。しかし、旧領八ヵ国、百十二万石が徳川氏に没収され、周防、長門《ながと》の二ヵ国のみが残されて、それが長州藩の家臣の間にしこりとなって残っているはずだった。いわば、幕府に対して好ましくない感情をいだいている藩で、瑞龍は自分が身をひそませるのにふさわしい地であると思った。

瑞龍は、明るい気分になった。三田尻とその周辺の地をまわって、旅廻りの講釈師としてひそかに生きてゆこうと思った。

姫島という島から三田尻についた時、もしかすると船改めがあるかも知れない。その場合は、単なる旅人であれば疑われる恐れがあり、むしろ旅廻りの講釈師と名乗れば、芸人の出入りの多い地であるだけにあっさりと通してくれるようにも思えた。

かれは思案し、呑海《どんかい》という芸名を名乗ることにきめた。講釈師には呑という文字を使った芸名の者もいて、かれはその名が気に入った。

これからおもむこうとしている長州藩領には、自分の手配書が長崎奉行所から来ているか、どうか。もしも来ていたら、それには人相書が添えられているはずで、見破られぬためには、容貌を少しでも変えておく必要がある。大坂の老いた講釈師の中には、僧や医者のように剃髪《ていはつ》していた者もいて、自分も頭を丸めようと思った。髪は薄れかけているが、剃《そ》り落してしまえば、印象はかなり変るだろう。

かれは、逗留している家の漁師に、亡妻の菩提《ぼだい》を弔うため巡礼をして歩きたいので、髪をおろして欲しい、と頼んだ。漁師は承諾し、髷《まげ》を切り落し、髪を水に濡《ぬ》らして入念に剃ってくれた。瑞龍は、頭をさげて漁師に礼を言った。

翌朝、瑞龍は、漁師の指示通りに海岸沿いの道を北の方に歩いた。伊美《いみ》という港町があって、そこが姫島への渡り口であるという。剃った頭が冷えびえとしていて、かれは何度もくしゃみをした。

岬をまわると海上に島が見え、前方に船の碇泊《ていはく》する港町が眼にできた。伊美にちがいなかった。

港は川の河口にできていて、かれは川岸に沿って港に近づいた。
浜に漁船の傍らに坐《すわ》って網の手づくろいをしている男がいて、瑞龍は近づき、島を指さしてその名を問うた。

「姫島だが……」

男は、なぜたずねるのか不審そうな眼をした。

うなずいた瑞龍は、

「あの島まで連れて行ってくれないか。二百文出す」

と、言った。

男は、金の額に魅力をおぼえたらしく立ち上がると、舟に近寄って海に押し出し、乗れというように手を動かした。

瑞龍は舟に乗り、男が櫓《ろ》を漕《こ》ぎはじめた。

長崎と地つづきの九州をはなれたことに、瑞龍は気持が浮き立つのを感じた。竹蔵、小重太、幸吉のことが思われた。かれらはそれぞれ、機敏に追手の眼をのがれ、逃亡をつづけているはずだった。かれらも、九州にとどまるのを危険と考え、はなれることを企てているのだろう。もしかすると、すでに山陽道方面か四国にのがれているかも知れない。

男は、櫓から手をはなして舟に帆をあげた。風向がよく、舟はかなりの速さで進んでゆく。島が近くになった。

舟が、磯《いそ》についた。

舟からおりた瑞龍は、男に礼を言って金を渡した。

かれは、北に通じる上り傾斜の道を歩いた。

登り切ると、前方に海がひろがり、彼方《かなた》に防州の陸地が少しかすんで見えた。下方が港のようになっていて、そこに荷船らしい三艘《そう》の舟が浮んでいる。かれは、道をくだった。

浜に出ると、荷船に近づき、船上に立つ男に、

「三田尻に行く船はないかね」

と、声をかけた。

「この船が行く」

男は、無造作に答えた。

「いつ？」

「風が良いから、すぐに出船する」

男の言葉に、この村で何日かは三田尻行きの船を待つことを予想していた瑞龍は、幸運だ、と思った。

「乗せてくれ」

瑞龍が頼むと、男は船板を岸にのばしてくれた。

かれは、それを踏んで船に乗った。

船は物資を三田尻から島に運ぶため出船するらしく、空荷であった。碇《いかり》がひき上げられ、帆があげられた。客は子連れの女と商人風の男であった。

帆は風をはらんでふくれあがり、船ははやい速度で進んでゆく。波のうねりはゆる

やかだった。

瑞龍は、舳先《へさき》の近くに立って前方に長々と伸びる陸岸を見つめた。その地がまちがいなく自分を安らかにつつみ込んでくれるように思えた。


かれは、その後、三田尻の町に近づくことはせず、周辺の農村地帯を歩いて日をすごした。

姫島からの船で三田尻の船着場についた時、旅人改めなどなく、かれは町の中に入った。土蔵をもつ構えの大きな家が建ち並び、商家が軒をつらねていて、町は想像以上に賑《にぎわ》いにみちていた。道には人や駕籠《かご》が往《ゆ》き交い、背に荷をつけた牛や馬が過ぎ、荷をのせた大八車も通る。

破牢《はろう》以来、人眼につかぬ地から地へとすごしてきたかれは、多くの人の姿に眼のくらむような萎縮《いしゆく》感をおぼえた。町の片隅でひっそりと生きようと思っていたが、人が犇《ひしめ》くように生活している三田尻では静かに暮すことなど不可能であるのを知った。

かれは、家並の間を足早やに過ぎ、やがて、家がまばらになり、川の岸に出た。前方に槍《やり》の穂先のようにそびえた山が見え、かれはその方向にむかって川岸を上流の方へたどった。

耕地がひろがる中に農家が点在し、かれはようやく落着きをとりもどした。百姓家に泊めてもらいつづけてきたかれは、その方法にもなれていた。耕地に鍬《くわ》を入れている農夫を眼にして近づき、親しげに声をかける。黙々と労働をしていた男は、気軽に応じ、宿賃を払うから泊らせて欲しいと頼むと、必ずと言っていいほど承諾し、都合の悪い場合は、親しい者の家を紹介してくれる。

このようにして瑞龍は、その日以後、三田尻近くの百姓家を泊り歩いてすごした。

職業を問われて講釈師と答えると、初めてきく職名であるので農夫は首をかしげる。瑞龍が説明すると、農夫は例外なく興味をしめし、時には講釈をきかせて欲しいと言って近隣の者を集めることもある。

謝礼について瑞龍は、

「お志だけで」

と答え、軽い講釈を読む。それは孝子伝であったり、赤穂《あこう》義士伝であったりした。

農夫たちは、張りのある瑞龍の声に驚き、巧みに読む講釈に耳を傾けていた。

夏が過ぎ、秋を迎えた頃には、瑞龍は講釈師呑海として三田尻周辺の農村でひろく知られるようになっていた。

稲の穫《と》り入れが終った頃、佐波川《さばがわ》ぞいの村にとどまっていた瑞龍に庄屋《しょうや》からの使いの者が来て、広い座敷に人を招き、講釈を演じて欲しいという依頼があった。

「声を痛めておりまして……」

瑞龍は、故意に苦しげな声を出してそれを断わった。

庄屋は村の治安をつかさどり、三田尻の町奉行所と緊密な連携を保っていて、手配書が配布されていることも考えられる。剃髪し呑海という偽名を使ってはいるが、見破られる恐れがあり、出向いてゆくのは危険であった。

貯《たくわ》えも或《あ》る程度できていたので、翌朝、かれは村をはなれ、川岸ぞいに上流へむかった。

左右に山がつらなり、かれは山道をたどって奥へ奥へと進んだ。鮮やかな紅葉で体が朱の色に染まっているような感じすらして、しばしば足をとめた。

かれは、山間部の村から村を泊り歩いてすごした。その地方の人情も篤《あつ》く、講釈師として歓待され、かれは集まった人に太閤記《たいこうき》などを読み、謝礼を受けた。

雪が舞って、かれは山中の村で身をひそめるようにすごした。年があらたまっても、動くことはしなかった。

春の気配がきざし、かれはその村の親しくなった百姓の家を定宿のようにして近くの村々を歩きまわるようになった。遠出して二カ月近くももどらぬこともあった。

かれは、絶えず追われる身であることを意識し、庄屋や豪農の家から招かれてもさりげなく断わり、寒村から寒村へと歩き、泊らせてもらうだけで講釈を読むことも多かった。かれは時折り、のびた髪を剃ってもらった。

その年も暮れ、かれは百姓の家にもどって正月を迎えた。

やがて梅の花が咲き、山桜が山肌を彩《いろど》って、かれはおもむろに村をはなれ、佐波川の川筋を南にくだった。魚介類を口にできる三田尻方面ですごしたかった。

槍の穂先のように山頂のとがった矢筈山が見え、かれはその近くを通って眼になじんだ耕地のひろがる地にたどりついた。

かれは、顔見知りの百姓の家をたずねて泊り歩き、請《こ》われて短い講釈を読んだ。平穏な日がつづき、大胆にも三田尻の町に入って着物をととのえ、頭巾《ずきん》を買ったりした。

村の庄屋の家に招かれて、毛利側から見た関ヶ原の戦さを語ったこともある。台に張り扇をたたき、昂揚《こうよう》した語りに人々は感嘆し、涙ぐむ者もいた。

身の危険を感じることは少くなったが、かれは慎重だった。昼間は出歩き、夕刻になると身を寄せている農家にもどるが、家に入る前に物かげから農家をうかがい、不審な気配がないかをさぐる。捕吏が家にひそんで帰りを待ちかまえているのではないか、と思うのだ。

村々から招かれることが多くなり、かれは月に三度講釈を一席ずつ読むことに定め、招かれた家に出向いてゆく。座敷に入れぬほどの人が集まっていて、かれらを前に講釈を読む。ほとんどが常連になった客であった。

稲の穂が実り、やがて穫り入れも終った。

十月十一日夜、招かれた家で酒を飲み熟睡していた瑞龍は、突然、両肩を荒々しくつかまれ、同時に御用という鋭い声をきいた。行灯《あんどん》の淡い光に数人の男の姿が見え、かれは組み伏せられ、後ろ手にされた手首に縄がきつく巻かれるのを感じた。

立たされ、強く背を押されて家の外に出た。役人が二人立ち、瑞龍は、縄尻《なわじり》をとられて夜道を引立てられていった。

捕えたのは、三田尻の町奉行所の者たちであった。

瑞龍が三田尻周辺の村々で旅廻りの講釈師と称して講釈を読んで歩き、少額ではあったが謝礼を得ていることを目明しが探知した。その芸は絶妙で、言葉に関西訛《なま》りがあることから京、大坂から来た講釈師らしいと言われていた。

そのことを目明しから聴き込んだ奉行所の同心は、それを与力に伝えた。

芸能の者が大坂方面から多く三田尻に来ていて、その一人かとも思われたが、講釈師が三田尻を避けるように村から村へ渡り歩いているということに、与力は不審感をいだいた。三田尻で小屋掛けをし人集めをするのが自然であった。

講釈師ということに、与力は、長崎奉行所から送られて来ている手配書を自然に思い浮べた。旅廻りとは言え講釈師が入りこんでくることはきわめて稀《まれ》で、職掌柄、手配書の瑞龍ではないかと考え、同心に内偵を命じた。同心は、行商人に身を替えて村から村を歩いて聴き込みをし、その報告が与力に寄せられた。

人相については、剃髪していることを除いて中背、肉肥（え）たる方、顔凡《およ》そ白き方、眉毛《まゆげ》薄く眼小（さ）き方、鼻耳常躰《じょうたい》、歯並揃《そろい》とすべて人相書と一致していた。

講釈師呑海は瑞龍事富三郎と推定した与力は、奉行の許可を得た上で、同心二名に手の者を配して瑞龍の身を寄せている百姓家にふみ込ませたのである。

奉行所に連行された瑞龍は、縄付きのまま牢に入れられ、翌朝、白洲《しらす》に引据えられて奉行出座のもとに与力の吟味を受けた。

瑞龍は、

「恐れ入りましてございます」

と、素直に瑞龍事富三郎であると自供した。

それによって、かれは牢屋敷の牢に投じられた。

吟味が入念に繰返され、瑞龍は、折目正しい口調で陳述した。遠島刑に処せられたいきさつにつづいて種子島に流され、竹蔵、小重太、幸吉とともに島抜けをした事情。大時化《おおしけ》に遭って十五日間漂流の末に唐国に漂着し、各地を転々として乍浦《チーフー》から唐船で長崎に送られたが、罪状の発覚を恐れて破牢、九州を潜行し姫島をへて防州にたどりついた経緯を問われるままに答えた。それは、長文の吟味書にまとめられた。

奉行は、本藩の萩藩の藩庁に吟味書の写しを添えて報告書を送った。

年があらたまり、嘉永《かえい》三年正月を迎えた。

藩庁では、長崎奉行宛《あて》に瑞龍を逮捕し、吟味の末、手配書の罪状通りであることを確認したという報告書を送った。

折返し、長崎奉行から瑞龍を長崎まで押送《おうそう》して欲しいという要請状が送られてきた。

藩庁では藩士二名を三田尻に派遣し、瑞龍の身柄を引取り、町奉行所の同心、小者とともに三田尻から長崎へ行く回船に乗った。

船は、赤間関を通過して玄界灘を西へ進み、五島灘を南下して三月十二日夕刻に長崎港に入った。ただちに長崎奉行所の役人が来て、瑞龍本人であることを確認し、翌朝下船させて桜町の大牢に投獄した。護送の任を果した萩藩士と同心は、その労を謝せられ、帰国した。

瑞龍に対する吟味が、執拗《しつよう》に繰返された。

唐国から長崎に漂流民として送還された後の取調べに答えた瑞龍の供述は、すべて偽りと判断され、島抜けの実情、唐国での生活があらためて訊問《じんもん》された。揚り屋からの破牢については、鋭い追及がおこなわれた。瑞龍は、なぜかわからぬが牢の扉が開いていて、小重太を先にして牢から脱出したと述べた。逃走経路も詳細に語り、三田尻周辺での生活も問われるままに答えた。

奉行所では、流刑地《るけいち》の種子島の役所とひんぱんに書類を交していたが、船便がおくれがちで、翌年の暮れ近くになってようやく結着をみた。

その間に、瑞龍は共に揚り屋から脱出した竹蔵、小重太、幸吉の消息を知った。

小重太は、破牢して日見峠にむかって走ってゆく途中、突然咳込《せきこ》み息苦しさを訴えて他の三人に先に行くようにすすめ、その場に残った。奉行所から四方に放たれていた追手が二カ月後、小重太が島原の山中にひそんでいるのを発見し、捕えて長崎に連行した。

投獄された小重太は鋭い吟味をうけたが、翌弘化《こうか》四年二月四日、獄内で病死した。

瑞龍は、竹蔵の消息について担当の同心から破牢後の様子をきいた。

竹蔵は、足を痛めた瑞龍を残して幸吉とともに先行した。島原に入ると、幸吉は近くの地に知り合いの者が住んでいるので、そこに行きたいと言い、竹蔵はかれと別れて一人になった。幸吉は、後ろも振向かず足早やに去っていった。

漁村に出て、熊本へおもむく荷船に頼んで乗せてもらった竹蔵は、渡海して熊本で下船した。その後、豊後街道を物もらいをしながら進み、豊後国の佐賀ノ関に至った。

瑞龍は、竹蔵が自分と同じ道筋をたどったことを知った。

その後、竹蔵は喜兵衛と変名し、それより船で四国に渡り、弘化四年七月に大坂へ出て、さらに名古屋方面に行く途中、大坂東町奉行所の手の者に捕われた。

翌年長崎に送られ、吟味を受け、行方知れずになっている瑞龍と幸吉のことについて執拗に追及されたが、別れた後のことは知らぬと繰返した。

かれは、嘉永二年二月四日死罪を申渡され、即日執行された。

年があらたまってからも瑞龍は、時折り奉行所に呼び出されて吟味を受けたが、与力は、瑞龍が終始つつみかくさず訊問に応ずることに好感をいだき、雰囲気は徐々にやわらぎ、雑談を交すこともあった。与力は、歴史、古くからの風俗その他に豊かな知識をもっている瑞龍の話に興味をいだいていた。

それに、与力たちは、瑞龍が遠島刑に処せられたことに深く同情もしていた。公儀を不快がらせた講釈を読んだことが原因とは言え、常識的に考えて高座にあがることを差止めるか、重くても追放刑が限度であった。

しかし、老中水野忠邦の発した天保《てんぽう》改革のきびしい緊縮令による講釈師への過酷な圧力で、遠島という重刑に処せられた。それは一時期の荒れ狂った嵐《あらし》に似たもので、天保改革令に対する批判は激しく、それは廃棄されて忠邦もすでに失脚し、瑞龍の遠島は、時代の波にもてあそばれた不運な処置と言える。竹蔵は斬首《ざんしゅ》されたが、瑞龍が同じような刑に処せられるのは忍びがたいという気持がひそんでいた。

刑を執行するには、江戸に書面を送って老中の伺いを得る定めになっていたが、奉行所では嘉永六年を迎えても書面を提出することをためらい、瑞龍は牢内で日をすごしていた。

その年の六月、ペリーを遣日国使としたアメリカ艦隊四隻《せき》が浦賀に来航、にわかに対外関係が緊迫した。長崎奉行所の空気も揺れ動いていたが、七月にはプチャーチンを使節としたロシア艦四隻が長崎に入港し、その応接に繁忙をきわめた。

翌年、日米和親条約が締結され、閏《うるう》七月にはスターリングを使節とするイギリス艦隊が長崎に来航、幕府との間に日英和親条約が調印された。

十一月二十七日に嘉永が安政と改元され、翌月日露和親条約の調印があって、下田、箱館とともに長崎は開港場とされた。

対外折衝に忙殺されていたこともあって、瑞龍への処分は半ば放置されていたが、島抜けをしたことは重罪でいつまでも処分をのばすことはできず、奉行所は、翌安政二年十一月に瑞龍に対して「重々不届ニ付死罪」という決定を下した。老中への伺書は、その月の七日に飛脚問屋に託され、宿つぎ便で江戸に送られた。

担当の老中は阿部伊勢守《あべいせのかみ》（正弘《まさひろ》）で、下知書《げじしょ》が正月十四日に長崎奉行川村対馬守《つしま》（修就《ながたか》）のもとに送られてきた。それは執行を命ずるものであったが、川村は、「正月中は死刑御仕置相除《あいのぞき》　二月朔日《ついたち》後」におこなう仕来《しきた》りがあるので、その通りにするという回答書を江戸に送った。

二月四日、瑞龍は奉行所の白洲に手を突いて頭を深くさげた。奉行の川村が出座し、与力等が並ぶ中で死罪を申渡した。瑞龍の剃髪《ていはつ》していた髪はのびて丁髷《ちょんまげ》になっていて、その日の朝、結い直されていた。地肌がみえ、髪はすっかり白くなっていた。

瑞龍は後ろ手にしばられて牢屋敷にもどされ、その日のうちに牢役人が付添い、小者によって西坂の刑場に引立てられた。

かれは西の方にむかって蓆《むしろ》の上に正坐《せいざ》し、首を差しのべた。斬《き》り役の手にした刀が上方にあげられ、それが首にふりおろされた。

奉行は、獄死した小重太、死罪になった竹蔵同様、種子島に瑞龍の捨札を送った。その高札には瑞龍の罪状と死罪の刑に処せられたことが記され、種子島家は、それを瑞龍が島抜けした西之村の砂坂海岸に建てた。流人に対する見せしめのためであった。

その後も幸吉の行方が執拗に探られたが、行方は杳《よう》として知れなかった。

# 欠けた椀《わん》

かよは、赤松の根に腰をおろし、幹に背をもたせかけたまま動かない。菅笠《すげがさ》の破れ目からしたたる雨水が、鼻先から顎《あご》をぬらして衿《えり》もとに流れ落ちている。顔は、雨に白くけむる枯蘆《かれあし》におおわれた河原の方にむけられているが、眼はうつろでなにも映じていないらしい。睫《まつげ》にやどる水滴が眼に入るたびに、かすかにしばたたくだけであった。

前日の朝から、かよは口をきかず、泣くこともしなくなっている。杖《つえ》をついて足を動かし、夜、蓆《むしろ》の上に身を横たえて眼をとじるだけであった。

半刻《はんとき》ほど前、ようやく駿州《すんしゆう》境に近いこの川岸にたどりつき、激しさを増した雨を避けるため松の樹《き》の下に腰をおろすと、身じろぎもしなくなった。

かたわらに坐《すわ》る由蔵《よしぞう》は、かよの横顔に苛立《いらだ》った眼をむけていたが、深い息をつくと視線をそらせた。このまま坐っていてもどうにもならぬ、村へ入って施食《せじき》をしてくれる寺を探そう、と何度声をかけたかわからぬが、かよは返事もしない。腕をつかんで立ち上がらせようとしても腰をあげず、頬をたたき、思いきり強くつねることもしたが、川の方向に眼をむけたままで、その顔に表情らしいものは浮んでいない。

ひもじさの上に疲れもかさなって足腰に力が失われているのはわかるが、それは自分も変りはない。少しの反応もみせぬかよが、かたくなな反撥《はんぱつ》を全身でしめしているように思えた。

九日前に、生れ育った村をはなれてから、わずかながらも食物を得られるのが寺であることを知り、かよとともに寺へ行っては憐《あわ》れみを乞《こ》うた。

なにがしかの食物を恵んでもらって村から村へと川ぞいに下流へむかって歩いてきたが、その日は、朝からまだなにも口にしていず、寺を探しに村へ入ってゆかねば、行倒れになる。寺では、代官所のお触れによるものか、それとも仕来《しきた》りなのか、粥《かゆ》を一人に一椀《わん》しかあたえてくれず、由蔵一人が行って二人分所望しても、おそらくかなえられることはないだろう。かよを背負ってでも行きたかったが、かれの体にそのような力は残っていない。

四年前に十五歳で嫁に来たかよは気立てのよい女で、一昨年の春死亡した由蔵の母にも気に入られていた。夜明け前から夜おそくまで働くことを強《し》い、動作の端々まで口やかましくなじる母に表情を曇らすことさえせず、骨身惜しまず働くかよに、母は、死の直前、おだやかな眼をしてねぎらいの言葉をかけた。母の死後も由蔵に従順につかえ、幼い岩吉を背にくくりつけて小まめに立ち働きつづけた。

そのようなかよが、頰をたたかれつねられても、かれに眼をむけることもしない女になっている。

家をはなれてから、かよは涙を流し、顔をしかめ、時には責めるような眼をかれにむけた。が、松の根に腰を据えたかよの顔には、感情の色は少しもみられず、無表情というよりは澄んだ静けさが感じられる。

気がふれてしまったのだろうか、と思った。気の優しい女だけに、むごい環境に神経が乱れ、呆《ほう》けてしまったのか。頰はこけ、骨の上に皮膚がのっているように鼻梁《びりょう》も骨の形そのままに突き出ている。

反応がないのは息絶えるきざしではないかとも思ったが、そのようなことはあるまい、と、胸の中でつぶやいた。故里《ふるさと》の村でも、過ぎてきた地でも、死人の多くは、老人、子供をのぞいてほとんど男にかぎられていた。通り過ぎた村々に男の姿は少く、うつろな眼をした女を多くみた。

大凶作に女は生き残る割合が高いとされているが、子を産む女には生きる力が生来そなえられているからなのか、それとも女が生き残るのは、人がこの世に絶えぬようにという神仏のはからいなのかも知れない。病いひとつせず働きつづけてきたかよが、死ぬとは思えなかった。

腹に疼痛《とうつう》をともなう激しい空腹感がつきあげていた。体の中に数匹の蛇が棲《す》みつき、胃の腑《ふ》にからみついてしめつけているような痛みが断続し、咽喉《のど》の奥に痙攣《けいれん》も起っている。かよが坐ったままでいたいなら、それもよい、自分だけでも食物を口にしたい、と思った。

由蔵は、かよの膝《ひざ》の上におかれているふちの欠けた椀に手をのばし、自分の椀とともに懐《ふところ》に押しこんだ。椀に盛られる粥が眼の前にちらつき、それを口にふくんだ折の舌にひろがる甘さが思われた。

杖をつかんで腰をあげた。

物も言わず身じろぎもせぬかよが、腹立たしかった。かよは、なにを考えているのだろう。拗《す》ねたような態度をとっているが、飢えにさいなまれる身になったのは、天地のおかしがたい定めによるもので、自分が責められるいわれはない。

かれは、杖をついて松の下をはなれると、雨の中を歩き出した。

一昨年の年が明けた頃から、村の老人たちは凶年になるやも知れぬと不安がり、病いの床にあった母も、今から食物を節約するようにと繰返し言っていた。

その前年の暮は異様なほど暖かく、畑には季節はずれの菜の花が咲き、藪《やぶ》に筍《たけのこ》が土中からあらわれ、春のような気温がつづいた。

年が明けると、俄《にわ》かにきびしい寒気にさらされ、池、沼は分厚い氷にとざされた。春になって作付けがおこなわれたが、老人たちの予言どおり冷気が夏にかけても残り、綿入れを着るありさまであった。稲は実をむすばず、代官所の検見《けみ》時になってようやく穂の形がみられる程度で、例年二十四、五俵の収穫のある地で四、五俵の米しか得られぬ凶作となった。代官所では、知行地外へ穀物の出るのをふせぐため穀留めを命じ、商人が穀物を買い占めることをきびしく禁じた。

由蔵の家では、わずかに得られた穀物を薄粥にし、山野でとった野草や木の実をそれにまじえて空腹をいやした。近所の女が、

「婆様《ばあさま》は、不作になるのを知っていて、口べらしのために死んでくれたのだ」

と言ったが、由蔵は不快に思うことはなく、その通りかも知れぬ、と思った。二歳になる岩吉とかよの三人の暮しであることは、幸いであると言えた。村の家の多くは大家族で、それだけ一人の口にできる食物の量は少い。

樹葉が枯れる頃になると、ひもじさのため体が弱って死ぬ者が出るようになり、食

べつけぬ野草などを口にして腹くだしをし、衰弱死する者も目立ち、墓地へ通じる道に、棺桶《かんおけ》がしばしば運ばれる情景がみられた。

村では、十戸余の家が、食うものがないとして代官所に夫食貸《ふじきが》しを願い出た。役人が、庄屋《しょうや》の案内でそれらの家をまわって穀類の蓄えがないことを吟味し、農具のほか売りはらうものがないこともたしかめた。それらの家族が飢え死にすることは必至と考えられ、十六歳から五十九歳までの男に一日玄米二合、女と十五歳以下六十歳以上の男に一合の割で貸しあたえた。ただし、三戸については、親類縁者の助力をあおぐ余地があるとして除外された。夫食米は、翌年より五年年賦《ねんぷ》で返納する定めになっていた。

由蔵の家では、その願いを提出することもなく、年を越した。借りたいのは山々だったが、蓄えはわずかながらもあり、返納することによる翌年以後の困窮を思うと、あくまでも堪えねばならぬ、と思った。

米価が高騰《こうとう》し、町々に不穏な空気がたかまっているという噂《うわさ》が流れてきた。それにともなって夜盗が横行し、火を放って金品をうばい、ある家では機《はた》にかけられた織りかけの布まで切り取って去ったという。代官所では、無宿、盗賊、博徒《ばくと》の取締りを勘定奉行に請願し、許しを得たという話もつたわった。

正月を迎えて、村人たちはその年の作柄が好ましいものになることを願い、神仏に祈願した。老人たちは、その冬の寒気がことのほかきびしく大雪が降りつづいたので、凶作の恐れはないという者が多かったが、凶作は数年つづくのが習いだという者もいて、村には暗い空気がひろがっていた。

植付け時期が近づいたが、種籾《たねもみ》、麦に手をつけて食べつくしている家が大半で、代官所にそれらの拝借願いが出され、由蔵の家も例外ではなかった。一反歩《たんぶ》あたり籾七升、麦一斗をかぎりに支給され、夫食米が無利息であるのと異なって年利三割で、翌年から五年年賦で返納が義務づけられていた。

春になったが気温はあがらず、桜の開花が一カ月近くもおくれた。由蔵は、村人たちにならって作付けをし、畠《はたけ》や水のはられた田を見守った。

六月に入ると、村人たちの表情は暗くなった。一カ月前から雨が降りつづき、五日から十日に一日の割合でしか晴れることがなく、前年以上の低温で、七月に入っても冷雨がやまない。蟬《せみ》の声が少しもきこえぬことに、村人たちは顔色を変えた。

冬に大雪がつづいたことが好ましいきざしと思われていたが、雪がとけて田にひかれた水が異常に冷たく、稲の生育をいちじるしくさまたげ、稲は青立ちになった。豆類も実をむすばず、粟《あわ》、稗《ひえ》も八月になって穂が出たが、青々として実入りはない。そばも九月に霜に打たれて枯れた。わずかに大根、蕪《かぶ》が順調だったが、次々に盗まれ、九月中旬までに残らず掘り取られていた。

村人たちは、激しい動揺をしめしていた。凶作は、甲州のみならず信州、関東、奥《おう》羽《う》一円にひろがり、地上に作物は絶えているという。

由蔵は、かよとともに野草をとって歩き、さらに冬になって山野が雪におおわれれば食物とするものも消えるので、山芋、葛《くず》などの根を掘って蓄えることにつとめた。

一カ月もすると村内とその周辺の青いものはことごとく村人たちの手でつみとられ、由蔵は、村人たちと山中に入って山菜、茸《きのこ》類をとって歩きまわった。近くの山間部の山菜その他はとりつくされ、山奥へ足をのばした。食物も少量しか口にしていないので疲労がはなはだしく、根を掘りあげるのも苦痛であった。

山からの帰途、夕闇《ゆうやみ》の中で採取物を入れた籠《かご》を背にしたまま山道に腰をおろし、頭《こうべ》を垂れて息を喘《あえ》がせている男の姿を何度も見た。体の衰えた男たちは、山中に入ることもできず、家の中で身を横たえていた。頑健な体にめぐまれた由蔵は、毎日のように山に足をむけた。

村の秩序は、前年につづく凶作でもろくも崩れ、嫁の里追いがはじめられた。嫁は農耕になくてはならぬ働き手であったが、働こうにも仕事はなく、いたずらに食物を消費する存在にすぎなくなっていた。家を守るための口べらしに、嫁は実家へ追いもどされる。子供は家の宝としてとどめられ、嫁は一人で家をはなれていった。

「私も帰らねば……」

かよは、顔を伏せたまま言った。

「舅《しゅうと》、姑《しゅうとめ》がいれば、お前も里へ帰ってもらわねばならぬが、この家はおれとお前と岩吉のものだ。岩吉のためにもいてもらわねば困る」

かよの実家は隣村にあって、両親のみならず祖父母もいる。家をついだ長男は多くの子持ちで、嫁をもてぬ次男もいる。かよは末娘で、嫁いでいる姉たちは婚家を追われて実家にもどっているにちがいなく、かれらはかよが帰ってくることにおびえているはずであった。

かよは、手をついて由蔵に頭をさげ、涙をぬぐっていた。

由蔵は、村人たちにならって稲を刈って家に運び入れた。弱々しく穂の出たものをかよとともに丹念にえらび、わずかな実をつまみ取った。

村では、代官所に夫食貸しの嘆願を出したが、他の村々からの陳情もあって、飢民しらべの役人が出張することはなかった。代官所では、官庫の穀類も残り少く、夫食として貸す余裕はないという。由蔵も前年とはちがって夫食借りを強く望んでいたが、自らの手で口にするものをあさらねばならぬことを知った。

　代官所では、領民の動揺をふせぐ手段として、飢えをしのぐ食物の調理法を触れ書にして村々に配布した。藁《わら》を半日水に漬け、砂を洗い落して穂をのぞき、根元の方からこまかく刻む。それを蒸して干してから煎《い》り、臼《うす》で粉状にし、その粉一升に米の粉二合を入れて水でこね合わせて餅《もち》のようにする。蒸すか茹《ゆ》でるかして塩か味噌《みそ》をつけると、食用になる。米の粉がない折には、葛を粉にしたものや小麦粉とこね合わせるのも一方法だという。

　由蔵は、そのお触れにしたがって、岩吉には米の粉をまぜた藁餅をつくり、自分とかよの分には葛の粉をこね合わせたものをつくってそれぞれ蒸した。

　岩吉はそれを口にしたが、顔をゆがめて舌で押し出した。かよは、泣く岩吉の背をたたいて強引に口に押しこんだが、激しくむせて嘔吐《おうと》した。

　由蔵は、葛粉をまじえたものを口にしてみたが、ひもじがっている岩吉がうけつけないのも無理はない、と思った。葛粉が入ってはいるが藁そのもので、食物とは言えぬ代物《しろもの》であった。かれは、岩吉だけにはそれまでどおり刻んだ山菜を入れた米の薄粥をあたえるよう、かよに言いつけた。

　藁餅を口にするようになった由蔵は、死を予感した。

触れ書の趣旨は、大きな体をした馬が刻み藁を常食としていることからみて、それが人間の生命を維持するはずだという。が、生き物にはそれぞれ適した食物があり、牛馬は魚を食わず、蛇、蜥蜴《とかげ》の類は米をはじめとした穀物に見向きもしない。馬が藁を食うからと言って、それが人間の食物になるとはかぎらず、かれは、藁まで食物としなければならぬことに、暗澹《あんたん》とした気持になった。

草木が枯れ、霜柱が立ち、雪が舞った。

やがて、山野は雪にとざされ、食物にすることのできる物は絶えた。

痩《や》せていたかよの体は、さらに骨ばり、頬骨が突き出し、眼窩《がんか》が深くくぼんだ。岩吉には、食物らしいものを出来るだけあたえるようにしていたが、手足が細く、ひもじさで泣く声も弱々しくなって、坐《すわ》っているのも大儀らしく体を横たえていることが多かった。

人の死がしばしばつたえられ、親類の家からも使いが来た。

出向いていった由蔵は、骨と皮だけになった死人の姿をみた。それらの家には、胃の腑をおかされて病んでいる者や、口もきかずに身を横たえている者もいて、死期のせまったかれらに食物はあたえられず、水を飲ませているだけであった。

死人の出た家の者たちは、悲しみを感じてはいるようだったが、口べらしができたことに安堵《あんど》もおぼえていることが眼の光にうかがえた。死人は桶におさめられ、雪道を山の根にある墓地に運ばれた。

由蔵の家でも米粒が尽き、葛粉を入れた藁餅を日に一度口にするだけになった。それをうけつけなかった岩吉も、藁餅を欲しいと言って泣きつづけていた。

二十里（八〇キロ）余もはなれた重川《おもがわ》ぞいの町の寺で、粥《かゆ》の施食《せじき》がおこなわれているという話がつたえられ、村からも多くの者がその町にむかった。粥はたしかに恵んでくれたというが、帰る途中で行倒れになったり、そのまま行方《ゆくえ》知れずになった者もいて、村にもどってきたのは半数以下にすぎなかった。

そのことがきっかけで、村をはなれる者が目立ちはじめ、一夜のうちに家族すべてが消えた家もあった。

流民《るみん》となる者は潰《つぶ》れ百姓として田畠《でんぱた》が他の者にあたえられ、飢饉《ききん》が去って帰ってきた者は耕す地もなく路頭に迷う。が、由蔵の村では、いつの頃からの習わしか潰れ百姓とはせず、耕地をもどしてやることになっていたので、その仕来《しきた》りが村人たちの離村を一層うながした。

かれらの行先は不明であったが、甲府をはじめ甲州の町々には流民をうけいれる余力はなく、縁者をたよるか、それとも海ぞいの地に行くか、そのいずれかにちがいなかった。

由蔵も、六歳の折に祖母、両親、姉、妹とともに海へむかって歩いていった記憶がある。長い旅をへて海ぎわの地にたどりついたが、そこには貝や打ち寄せられた海草があり、父の釣った魚を焼いて食べたこともある。浜に接した松林に、多くの人が夜露をさけるための莚《むしろ》がこいを作っていて、それらが並んでいた情景が鮮明に眼に焼きついている。

葛も食べつくし、岩吉に蕨《わらび》をあたえ、由蔵とかよは、刻んだ藁を煮、塩をなめて口にするだけになった。

由蔵は堪えきれず、杖《つえ》をついて本家に行き、土間に入った。広い耕地をもつ本家には、穀物その他の蓄えが少しは残っているはずで、わずかでも恵んでもらいたかった。

炉端に主《あるじ》と妻、子供が坐り、こちらに顔をむけたが黙っていた。むろん、かれらは由蔵の訪れてきた目的を察しているらしく、顔に不快そうな表情が浮んでいた。

由蔵は、土間に膝《ひざ》をつき、額を土にすりつけた。

「くれてやるものは、なにもない」

主が、炉に眼をむけたまま言った。

由蔵は絶句した。頰を涙が流れた。足をむけてきたことが悔まれた。

かれは、顔を少しあげると、

「女房、子供をつれて近々のうちに海の方へ行きます。その御挨拶《あいさつ》にうかがいました」

と言った。物乞《ものご》いをしにきたのではなく暇乞《いとまご》いをしにきたのだととりつくろったかれには、まだ矜持《きょうじ》は残っていた。

かれは、ふたたび頭を深くさげると土間の外に出た。頼れる所などなく、自分の力で妻子を飢えから守らねばならぬことをあらためて強く感じた。

次の日、村に一つの出来事が起った。それまでにも飢えにたえかねた者が人の肉を食ったという噂が、まことしやかに他の村々から流れてきていたが、村に住む女が死んだばかりの姑の肉を食ったという話がつたわり、村は騒然となった。

女の夫は、鍬《くわ》、鎌《かま》などの農具をつくる鍛冶屋《かじや》で、近隣の村からの注文もうけて不自由なく暮していた。が、凶年がつづいて仕事もなくなり、耕地もないのでたちまち食うものに窮した。かれが衰弱死し、つづいて二人の子供が飢えて死に、さらにかれの母も死んで、女一人だけになった。女はひもじさで気がふれたらしく、痩せさらばえた姑の死体を切り刻んで焼いて食っているのを、村人に目撃されたという。

ひとたび人肉を食った者は、その味が忘れられず次々に食うと言われ、村人たちは女が鬼に化したと口々に言い、女の家に押しかけた。殺気立った村人たちに恐れをいだいた女は家の裏口から逃げ、村人たちは髪をみだして逃げまどう女に石を投げつけ、倒れたところを鍬や棒でたたき殺した。

村人たちは、恐るおそる女の家に引返し内部に足をふみ入れてみると、食い散らされていたのは飼われた犬の肉片と骨で、姑の死体は裏手の雪の中に埋められていた。

由蔵は、その話に顔をしかめた。鍛冶屋の女は気性が荒く、姑に口答えすることもあって、そのため姑の肉を食ったと錯覚されたのだろうが、たとえどれほど飢えても、人の肉まで口にする者などいるはずはない、と思った。

翌日の夕方、本家の子供が、くるようにと言いにきて、由蔵は、すぐに出向いていった。自分たち家族を憐《あわ》れんで、いくばくかの食物を恵んでくれるのかも知れぬと淡い期待をいだき、土間に入ると膝をつき、頭をさげた。

「海へ行くのか」

主の言葉に、由蔵は、へい、と答えた。

「それでは、はなむけに肉をやる。馬に餌《えさ》をやることもできず、すっかりごぼう馬になってしまった。死ぬのは目にみえているので、つぶした」

主は、炉端をはなれて土間におりると、馬小舎《うまごや》に入っていった。

血の臭《にお》いが漂っているのに由蔵は初めて気づき、おびえた眼で馬小舎の方を見つめた。

蓆につつんだものを手にした主が出てきて、かれの前に置いた。

「馬が哀れであったが、所詮《しょせん》は人に飼われた畜生だ。主人に食われても恨みはすまい」

主は、自らに言いきかせるように言うと、板の間にあがり、炉端にもどった。

由蔵は、膝をついたまま蓆を見つめていた。脚の一部らしく量は少かった。かれは、頭をさげ、恐しいものを手にするように蓆をかかえると、無言で外に出た。

その夜、かれは、脚を輪切りにしたものを釜《かま》に入れて茹《ゆ》でた。湯の表面には灰色の泡が浮き、異様な臭いが漂った。かよは、おびえたように体をすくめている。

「兎《うさぎ》も猪《いのしし》も四つ足だ。馬を食って悪い道理はない。御本家様も食べているのだから、おれたちも食っていいのだ」

由蔵は、自分に弁明するように言った。

茹であがった肉をむしって横たわっている岩吉の口に入れたかれは、骨のついた肉を手にした。冷たい汗が体中に湧《わ》き、嘔吐感がつきあげてくる。肉を口にふくみ、恐るおそる咀嚼《そしゃく》してみた。猪や兎ともちがう酸味をおびた肉であったが、空腹のためか思いがけぬ旨《うま》みが口の中にひろがった。

かれは大胆になり、

「うまいぞ」

と言って、かよに肉の一片をさし出した。

受け取ったかよは、しばらくの間ためらっていたが、おずおずと口にふくんだ。

夜明け近く、悲鳴に似た声に眼をさましたかれは、かよが岩吉を抱いているのを見た。岩吉は、口を薄くひらき小さな歯をのぞかせている。体が冷たく、ゆすってみたが、頭がゆれているだけであった。かよの口から激しい泣き声がふき出し、岩吉の体を強く抱きしめた。

夕方、由蔵は、かよとともに硬くなった岩吉の体を裏の雪に掘った小さな穴の中に入れ、雪をかぶせた。かよは、あたりが闇《やみ》になっても、その場にしゃがんではなれようとはしなかった。

翌朝、由蔵は、馬の肉と骨を布につつみ、かよと家をはなれた。隣村との境にある川の流れにそってゆけば、海にたどりつくことができる。かれの眼には、松林につらなる蔣がこいの情景が浮んでいた。

川ぞいの道には、同じように海にむかう者たちの姿があった。家族らしい者たちもいれば、ただ一人歩いている男や女もいる。足をひきずっている者が多く、川に顔を突き入れて死んでいる男や、樹《き》の下に仰向《あおむ》きになっている老人の姿も眼にした。

馬の肉は尽き、由蔵は、かよと川ぞいの村に食物をもとめて足をふみ入れた。入口に、物乞い入るを禁ず、と書かれた立札のある村が多く、代官所のお触れによるものか、村の仕来りなのかは不明であった。

それらの村に入ると、険しい眼をした男や女が石を投げつけ、道の前方に鎌や鍬を手にした男たちが立っているのを眼にして、あわてて引返したこともあった。

施食をする寺のある村もあって、それが唯一《ゆいいつ》の救いであった。寺にゆくと多くの男女が境内にむらがっていて、差出した椀《わん》に粥が注ぎ入れられ、時には藁餅もあたえられる。寺の者は一様に不愛想で、食物をうけた者は早々に立ち去るように、と荒々しい声をかけた。

かよは、泣くことを繰返していた。岩吉が死んだのは、四つ足を口にしたたたりだと言い、あのようなものを家に持ちこんだあなたの罪だ、と責めることもある。死期のせまっていた岩吉に食い物らしいものをあたえたのは幸せというべきだ、と何度言っても納得する様子はみせず、かれの顔から視線をそらせていた。

かよの口数は少くなり、それにつれて泣くこともしなくなった。由蔵の後から歩いてきてはいたが、うつろな眼を遠い空にむけているだけであった。

雨勢はおとろえず、菅笠《すげがさ》に雨が音を立てて落ちている。

由蔵は、杖をついて細い道をたどった。例年ならば草が萌《も》え出てもよい時期であったが、道の両側には枯草がつづいていた。

雨にかすんだ田畠がひろがり、小さな家が点在している。村から村へ歩いてきたかれは、野生動物に似た勘で、はるか前方の小高い森の中に寺があるにちがいない、と見当をつけた。人の姿はない。

動くものがあった。道の前方を薄よごれた白い犬が、頭《こうべ》を垂れて近づいてくる。脚は細く、体が骨ばっている。かれは、足をとめた。過ぎてきた村々では、猫、犬も食糧とされているらしかったが、逆に飢えた犬が行倒れの者の死肉を食いあさり、さらに牙《きば》をむき出して人を襲うこともあるという。雨にうたれて歩いてくる犬は弱々しそうで、たけだけしい行為をするようには思えない。が、飢えが獣性をあらわにするかも知れず、かれは杖をにぎりしめた。

犬が、人の気配を察したらしく足をとめ、こちらに眼をむけた。うかがうように体を動かさなかったが、おもむろに道を引返し、田の畦《あぜ》に入っていった。

歩き出したかれは、遠ざかってゆく犬をながめながら、何度も人に追われ殺されかけたこともあるので人を恐れているのだろう、と想像した。かれの村でも通り過ぎた地でも犬、猫の姿はみたことがなく、犬が生きているこの村は、まだ食物らしいものがわずかながらも残っているのだろう、と思った。

四日前、手足をしばられ首に石をむすびつけられた若い男が、川に投げ込まれるのを見た。死人の肉を食ったからだと言っていたが、かれには信じられなかった。鍛冶屋の妻と同じように馬、犬、猫のたぐいを食うのを、人肉を食っていると見まちがわれたのではあるまいか。

馬の肉を食った折の強いためらいから考えても、たとえどれほど飢えても人の肉など食べられるはずはない。人が人肉を食うという噂《うわさ》がどこからともなく流れ、それが野火のような速さでひろがり、あたかも事実であるかのようにうけとられているのではあるまいか。

小川にかかった土橋を渡った。流れのかたわらに立ったびに、なにか食物にでもなる生き物がいるのではないだろうか、とのぞきこむのが習わしになっているが、水面が雨にうたれていて小魚は眼にできず、川底も水がにごっているのでなにも見えない。

近づいてきた森に視線をむけたかれは、樹木の間に大きな藁《わら》ぶき屋根がのぞいているのに気づき、予測どおりそこに寺があるのを知った。道はのぼりになり、両側から樹木がおおいかぶさってきていて、雨滴がまばらになり大粒になった。

朽ちかけた山門が近づき、その下で数人の子供をふくむ男女が、なにか食っている。かれは、寺で施食をしているのを知り、足をはやめた。

門をくぐったかれは、本堂の前に十名近い者たちが坐《すわ》っているのを眼にし、小走りに近づくとその後ろに坐り、笠をとった。施食の量は定められていて、遅れて行った折には恵みをうけられぬこともある。本堂の上《あが》り框《がまち》に中年の僧と下男らしい丁髷《ちょんまげ》の白い男が坐り、一人の老女になにか問いかけている。

由蔵は、雨にうたれながら、僧たちをぬすみ見た。老女の椀に下男が団子のようなものを入れ、老女は椀を押しいただくと何度も頭をさげて立ち上がり、本堂の前から退いた。かれは、背をむけて歩き出した老女が、椀の中のものをすばやく口に入れるのを見た。

次の者が、本堂の前に進み出てひれ伏した。僧も下男もかたい表情をして、破れた衣服を着た男を見下ろしている。

由蔵は、その日の施食が自分の順番がくるまでに終るような不安にかられながら僧と下男を見つめていた。そのうちに自分の前に坐る者が一人一人去って、背後に十数人の者たちがいつの間にか坐っているのを知った。

下男の眼が自分にむけられるのに気づいたかれは、腰をかがめて本堂の前に進むと、手をつき、額を雨にぬれた土にすりつけた。

出生地と行先を興味もなさそうにたずねる下男に、村名と駿州《すんしゅう》の海に行くことを告げ、どの寺でもそうしたように幼い岩吉が飢え死にしたことを口にした。

「死人を食ったり四つ足などの不浄物を食うなど、み仏の道にそむくようなことはしていまいな」

「そのような恐しいことは……。滅相もございません」

かれは、首を激しくふった。

「それでは食をほどこしてやる。み仏の御慈悲であることを忘れるな」

下男の声がした。

由蔵は、膝《ひざ》をついたまま上り框ににじり寄ると、懐《ふところ》から椀を二つとり出し、

「女房が、ひもじさで川岸に倒れております。なにとぞ哀れとおぼし召し、女房の分もお恵み下さい」

と哀願し、椀を差出した。

「姿をみせぬものにはほどこせぬ。それが不服なら、お前にもやれぬ。立ち去れ」

下男は、甲高い声で言うと不快そうに顔をしかめた。

「わがままを申し上げました。お許し下さい。私の分を女房にわけあたえます。なにとぞお恵みを……」

由蔵はうろたえ、かよの椀を懐にもどし、何度も頭をさげた。

下男は黙っていたが、笊《ざる》に入った団子を一つつかんで椀の中に落してくれた。

由蔵は押しいただき、僧に深々と頭をさげて後ろへさがった。

立ち上がって門の方へ歩きながら、椀の中を見た。藁餅《わらもち》で、色からみてそば粉をこね合わせたものであるのがわかった。かれは、餅が雨にぬれるのをふせぐため椀を懐に入れた。

門を出て坂道をくだりながら、坐ったまま動こうともしなかったかよに、あらためて腹立たしさをおぼえた。施食を乞《こ》う者のなかには、少しでも多くの量を得ようとして偽りの言葉を口にする者もいるのだろう。寺ではそのような者に接することになれていて、自分の哀願も事実とは解せず、立ち去れ、と言ったのだろう。危うく藁餅を恵んでもらうことができたが、それをかよと二分しなければならぬのがいまいましくもあった。

かれは、藁餅を口にしたい強い衝動にかられながらも、下男の口にした不浄物という言葉が胸にこびりついているのを感じていた。

施食をしてくれる寺の者は、必ずと言っていいほどその言葉を口にし、有無を問う。その度にかれは強く首をふるが、かよは頭を垂れたまま身をかたくしていた。岩吉の死を仏罰だと繰返すかよは、寺でその言葉を耳にし、仏道に反したという罪の意識を一層強くいだくようになったのだろう。松の根に腰を据えて寺に足をむけようとしなかったのは、その言葉を耳にするのが堪えられないからかも知れない。

仏の道もなにもあったものか、と、胸の中でつぶやいた。寺は豪農と同じように広い田畠《でんばた》を擁し、そこから多量の作物を得、たとえ凶年がつづいても十分な蓄えをもっていて飢えをしのぐことができるのだろう。寺で施食をしているのは食糧に余裕がある証拠で、住職とその家族や下男たちは空腹になやむことはないにちがいない。もしも、かれらが飢えれば、仏の道など無視して不浄物も口にするのではないだろうか。生きる手だてについて、寺でとやかく言われるいわれはない。

六歳の折に眼にした海の色が、潮の香とともによみがえった。磯《いそ》の岩にはりついた貝とも思えぬものを石でくだいてみると、その中には小さなみずみずしい身が入っていた。海草は生のままでも煮て食べても香ばしく、十分に空腹をみたしてくれる。潮のひいた磯のくぼみには小魚が残っていて、手にすることもできた。

あと十日たらず川にそってくだってゆけば、海にたどりつくことができる。それまではひたすら恥をしのんで物乞いをし、寺で恵みをうけて生きつづけねばならない。

雨が小降りになり、空が少し明るんできた。かれは、ぬかるんだ道を歩きつづけた。

川岸をふちどる松のつらなりがみえ、かよに食物をわけあたえねばならぬことに、ふたたび腹立たしさをおぼえた。かよが今後も寺へ足をむけることをしなければ、自分の口にできる食物もそれだけ少く、体がもたない。あくまでもそのような態度をくずさないと言うなら、かよを捨てる以外にない。

ゆるい傾斜をのぼると、松の下に坐っているかよが見えた。寺へゆくためはなれた時と同じ坐り方で、自分に対するかたくなな反撥《はんぱつ》が感じられる。

近寄った由蔵は、かよのかたわらに腰をおろし、荒い息をととのえた。雨でかすんでいた川面《かわも》は明るくなっていて、下流の方までみえる。流れの音もきこえていた。

由蔵は、懐から椀を出して藁餅を二つに割り、一方を手にすると椀をかよの膝の上におき、

「食え」

と、投げやりな口調で言った。

餅にはそばの香がし、藁にねばりがからまっている。塩味も適度にきいていて、寺

が藁餅づくりに巧みであるのを知った。

少しずつ口に運んで咀嚼《そしやく》したが、のみこんでしまうのが惜しかった。おそらく今日は二度と食物にありつくことはできぬはずだし、明日の保証はない。胃の腑《ふ》の痛みも徐々にうすらぎ、咽喉《のど》の奥のふるえもおさまっていた。

かれは、最後の一片を口に入れると、指をなめた。

かよは、椀に手をのばす気配もなく、黙っている。雨の中で土下座をし憐《あわ》れみを乞うてようやく手に入れたものを口にしないかよに、怒りをおぼえた。子を失った母としての悲しみを思いやって、道中堪えにたえてきたが、それも限度に達した、と思った。

「おれが持ってきたものを食わぬというのか。食いたくないならそれもいい。食ってもらいたくなどない」

由蔵は、声をふるわせ、かよの膝におかれた椀を荒々しく取りあげた。

かよを一瞥《いちべつ》した由蔵の体が、動かなくなった。眼を大きくひらき、かよを見つめた。眼はうすくひらいているが光は失われ、下唇が垂れて舌先がのぞいている。

由蔵は椀をおくと、かよの骨ばった肩をつかんだ。顔は青白く、それまで数多くみてきた死人のそれと同じであった。

声をあげて名を呼び、両肩を荒々しくゆすった。体が無抵抗にゆれるだけで、笠が頭からずり落ちた。寺へむかう前に頰をたたき、つねったが、その時すでにかよの体は半ば死んでいたのだろうか。ひもじさと長い旅で、生きる力が失《う》せてしまっていたのか。由蔵は、かよの体を強く抱きしめた。

雨が、ふたたび音を立てて落ちてきた。冷たい雨であった。

かれは、むずかる子供のようにかよの胸に顔を押しつけ、首をふりつづけた。岩吉は雪の中に埋めてきたし、自分一人になってしまった、と思った。

不浄物を最も多く食べた自分だけが生き残っているのは、仏罰などありはしない証拠だ、と自らに言いきかせた。死人は、土に返せというが、土を掘る道具などなく、手で穴をうがつ力はない。松の幹に背をもたせて坐っているかよの姿は、あたかも憩《いこ》うているようにみえる。そのままの姿勢で死の安らぎを得させてやるべきではないのだろうか。

首に石をつけられて川に投げこまれた男のことが思い起された。死人の肉を食う者などいるはずはないと思うが、もしかするといるのかも知れない。かよの体が切りきざまれ、釜《かま》で煮られる情景が思い描かれた。

由蔵は激しく首をふり、かよの衿《えり》もとから手を突き入れ、乳房をつかんだ。豊かな張りがあり、冷たい。夜、体を抱きしめて乳房を愛撫《あいぶ》することを繰返したが、その乳房を他の男にえぐりとられ、煮られて口の中に入れられるのを思うと、居たたまれない気がした。

乳房をつかみながら川面に眼をむけた。たとえ土に穴をうがって埋めたとしても、それに気づいた者の手で掘りあげられてしまうかも知れない。

川に沈めよう、と思った。かよとともに海を目ざして歩いてきたが、かよの体は川の流れにしたがって海へくだってゆくだろう。流れは急で、かよは自分より早く海にたどりつくかも知れない。

由蔵は、衿もとから手をひきぬき、腰をあげるとかよの両腋《りょうわき》に手をさし入れた。痩《や》せこけた体だが、重い。かよをひきずり、河原におりると枯蘆《かれあし》の中に足をふみ入れた。流れの音が近づいてきた。死人の肉をねらう飢えた者の眼にふれぬよう、一刻も早くかよの体を川に沈めたかった。

岸にたどりついた由蔵は、水に入り、手をはなした。

かよの顔が沈み、うすくひらいた眼が、水の中からこちらにむけられている。足をつかみ、力をこめて押すと、体が流れにのって下流方向に動き、濁った水の中に没していった。

由蔵は、雨脚の突きささる川面をながめた。かよの体は、やがて膨れあがって水面に浮び、速い流れとともに海の方向にくだってゆくだろう。

川に背をむけ、蘆の中をふんでゆるい傾斜を堤にのぼった。松の下には、かよの杖《つえ》がおかれている。

笠をかぶり直し、かよの椀《わん》を手にした。

かれは、椀の中の雨水を捨てて藁餅を少し口に入れ、川面に眼をむけながら下流方向にむかって歩き出した。

# 梅の刺青

明治元年（一八六八）十一月、大病院に提出された一通の願い書が、大病院とその周辺に大きな波紋となってひろがった。

幕末に幕府は、多くの人々を死に追いやる疱瘡《ほうそう》（天然痘）の被害を一掃するため設けられていた江戸の神田《かんだ》お玉ヶ池の種痘所で、種痘をおこなうとともに西洋医学の教育機関とした。その後、種痘所は下谷《したや》和泉橋《いずみばし》通りに移って医学所と改称され、幕府の崩壊によって閉鎖されたが、全国を支配した明治新政府は、医学所を再興して官軍傷病者の治療にあたらせた。

その後、医学所は大病院となり、医学教育を推し進めるかたわら、一般の診療もおこなっていた。

取締は適々斎塾《てきてきさいじゅく》を興《おこ》した蘭方医《らんぽうい》の故緒方洪庵《おがたこうあん》の次男緒方惟準《これよし》で、緒方をはじめ大病院の教授たちは、突然のように出されたその願い書に言葉を失うほどの驚きをおぼえた。

提出者は、宇都宮鉱之進（三郎）という人物で、自分が死亡した折に遺体を解剖にふして欲しいという、いわゆる献体の申出書で、そのようなことは日本の医学史上全く前例をみないものであった。

理由について、宇都宮は、理路整然とした文章でつづっていた。

かれは、尾張《おわり》藩士の子として生れ、西洋の学問を志し、藩から江戸へ遊学を命じられて江川太郎左衛門、下曾根《しもそね》金三郎から砲術をまなび、殊《こと》に化学の分野に強い関心をいだいた。

やがてその才質が幕府に認められて、洋学教育機関である開成所の化学教授方出役《しゅつやく》に任じられ、かれは化学の研究、教授に専念した。

やがて維新の戦乱が起り、かれは幕府軍の一員として戦場を走りまわったが、過労のためか原因不明の病気におかされ、全身の関節の激しい痛みに加えて手足も腫《は》れ、歩行もかなわぬほどの重症になった。

その症状に死期のせまったのを感じたかれは、仕えていた幕府が倒れたことに精神的な打撃も受けて、化学者らしく自分の死後、変質しているはずの骨の関節を大病院で解剖し調べて欲しいという望みをいだいた。

願い書には、国に報ゆることなく死を迎えるのはまことに口惜しく、せめて死後、自分の肉体を「後進医学修業の一助にも用立《ようだて》」ていただきたく、「何とぞ厚き御評議を以《もつ》て、願の通り死後解体（剖）の儀」をおききとどけ下さるよう伏してお願いいたします、と記されていた。

それに書き添えて、東京に身寄りの者がなく友人がいるのみであるので、自分に許可書を渡してくれれば、絶命した時、ただちに友人がその許可書を大病院に提出する手筈《てはず》になっていると書かれていて、その決意が並々ならぬものであるのが察せられた。「何とぞ厚き御評議を」という願い書の文面にしたがって、緒方は、取締助の石神良策をはじめ教授たちを集めてその書面を回覧させた。しかし、読み終えたかれらは、かたい表情をして口をつぐみ、腕を組んだり眼を閉じたりしているだけであった。

西洋医学をまなんできたかれらは、人体の内部を見ることのできる解剖が医学知識の基本であることは十分に知っていた。日本でも江戸時代に実証を重んじる医師たちによって腑分《ふわ》けと称する剖見の歴史がきざまれてきていたが、旧幕府の開成所教授方出役まで務めた宇都宮が、しかも生きていながら死後の解剖を願い出てきたことをどのように解釈してよいのか。

かれらは、自然に日本の解剖史を反芻《はんすう》し、その延長線上に自分たちがいるのを感じていた。

った。

日本で初めて死体解剖がおこなわれたのは、百十四年前の宝暦四年（一七五四）であった。天皇の侍医であり法眼《ほうげん》の地位にもあった京都の古医方の大家山脇東洋《やまわきとうよう》は、若くして師事した後藤艮山《こんざん》の、自分の眼で見、実地にたしかめることに徹した医家としての姿勢を信奉し、それまでだれも疑うことのなかった中国医学の五臓六腑説が、果して正しいかどうか確認したいという願望をいだいた。その説は、肺、心、脾《ひ》、肝、腎《じん》の五臓と大腸、小腸、胃、胆、三焦《さんしょう》（水分排出器官）、膀胱《ぼうこう》の六腑が人体の中にあるというもので、その説を疑うのは医学そのものを否定することに通じていた。

人体解剖は、大宝律令《たいほうりつりょう》以来かたく禁じられており、それに儒学の影響もあって断じて許されぬ極悪非道の行為とされていたので、東洋は、人体と内臓が似ていると言われている川獺《かわうそ》を解剖してみた。むろんそれは一つの他愛《たわい》ない試みに過ぎず、人体の内部を見てみたいという欲望が日増しにつのった。

その年の閏《うるう》二月七日、京都六角の獄舎で五人の罪人が斬首《ざんしゅ》刑に処せられ、それが東洋に夢想もしなかった幸運をもたらした。

当時、京都の治安をつかさどる所司代《しょしだい》は小浜《おばま》藩主酒井忠用《ただもち》で、斬首刑のおこなわれたことを知った同藩の医家原松庵、伊藤友信、小杉玄適《こすぎげんてき》が、お咎《とが》め覚悟で藩主に刑死体の解剖を願い出た。伊藤と小杉は東洋の門人であり、原もそれに準じた医家であったので、東洋の年来の悲願を果そうとしたのである。

思いもかけぬ申出に忠用は驚いたが、学問に深い理解をしめしていたので、それを許可した。

原たちから報《しら》せを受けた東洋は大いに喜び、駕籠《かご》で獄舎に急いだ。獄舎の庭に、斬首された一体の遺骸《いがい》が藁蓆《わらむしろ》の上に横たわっていた。嘉兵衛という三十八歳の罪人の死体であった。

刑死人の遺体は、獄舎の雑役以外の者がふれることを禁じていたので、雑役の手にした刀で体がひらかれた。胸部が露出し、ついで刀が腹部を切り開いた。東洋たちは内臓を見つめて絵図を描き、記録した。

許可された時間は短く、それに役人も雑役もむごたらしく内臓の露出した遺体に顔色を失い、役人の鋭い制止によって刑死体は雑役の手で蓆につつまれ運び去られた。

あわただしい観察ではあったが、東洋は、中国の解剖医書と腑分けによって見た内臓とは異なることを知り、その剖見をのちに「蔵志」という書物にまとめ公刊した。

東洋は、内臓を人の眼にさらした嘉兵衛の霊を慰めるため、所司代に申し出て野捨てにされていた死骸を引取り、自家の菩提寺《ぼだいじ》に運んで手厚く埋葬した。

当然のことながら東洋の剖見は、激しい非難にさらされた。その行為は神をも恐れぬ人道に反するものであり、死体の解剖など病気治療のためになんの役にも立たぬという声も高く、讃岐《さぬき》の医家佐野安貞は「非蔵志」という反論書すら著して徹底的に東洋の行為を攻撃した。

しかし、東洋の人体剖見がきっかけになって、それから四年後の宝暦八年、東洋の門人栗山孝庵《くりやまこうあん》が、長州の萩で日本で第二回目の剖見をおこなった。

その年の三月二十六日、長州藩の領内で吉右衛門という凶悪な盗賊が捕えられ、萩城下の手洗川《ちょうずがわ》の河原で磔刑《たっけい》に処せられることになった。それを知った孝庵は、解剖の願い書を提出し、藩では大いにためらったが、東洋の前例もあることから許可した。さらに孝庵は、磔刑で内臓が槍《やり》で突き破られては意味がないと主張し、それも容《い》れられて斬首刑に変更となった。

孝庵は、斬首された吉右衛門の遺体を雑役がひらくのを見守り、絵図を描き記録をまとめて東洋に送った。

また、同じの年の五月二十七日に、二十二歳の伊良子《いらこ》光顕が伏見の平戸島（京都市伏見区）で刑死人の人体を剖見、さらに翌宝暦九年六月二十一日に、再び栗山孝庵が、初めて女の刑死人の解剖をおこなった。その罪人は、阿美濃《あみの》という十七歳の、不倫を繰返した上に夫を殺害しようとした女で、萩の刑場で磔刑に処する判決が下された。

孝庵は、またも同じ理由を述べて阿美濃を斬首刑にしてもらい、遺体をひらいた。その折には雑役に刀をにぎらせるという慣習をやぶって、外科医田英仙に体をひらかせ、主として生殖器を観察した。

その後、腑分けがつづいたが、明和八年（一七七一）三月四日に杉田《すぎた》玄白《げんぱく》、前野良沢《まえのりょうたく》、中川淳庵《なかがわじゅんあん》らが小塚原《こづかっぱら》の刑場で青茶婆と称された女囚の腑分けに立会った。その折り所持していたオランダ語訳のドイツ解剖書「ターヘル・アナトミア」の内容と刑死体の臓器が全く合致しているのを知り、それが解剖書の和訳事業をうながし、「解体新書」の刊行をうんだ。この書物は、日本の医学界に大きな影響をあたえた。

江戸時代後期になると、西洋医学をまなぶ者が年を追うごとに増し、かれらによって解剖がつづけられていた。

しかし、幕府が公認しているのは中国医学で、漢方医たちの西洋医学への反撥《はんぱつ》から解剖に対する批判が甚《はなは》だしく、解剖禁止の建言を幕府に提出する者もあった。そうした空気を反映して幕府のお膝元《ひざもと》である江戸での解剖は稀《まれ》で、主として大坂をはじめとした地方でおこなわれていた。

幕末に至って、蘭方医たちが醵金《きょきん》をして開設した神田お玉ヶ池の種痘所でおこなわれていた、痘法による接種が確実に天然痘の悲惨な災いを取りのぞく予防法であることがあきらかになり、それは西洋医学の優秀さを立証するものとなって種痘所は、西洋医学をまなぶ医家たちの大きな拠点になった。

安政五年（一八五八）の七月に将軍家定が重病におちいり、漢方の侍医たちが手を出しかねて蘭方医の伊東玄朴《いとうげんぼく》と戸塚静海《とつかせいかい》が侍医に任じられたことから、幕府の西洋医学に対する圧迫が消滅した。

それにともなって万延《まんえん》元年（一八六〇）十月十四日に、お玉ヶ池種痘所が幕府直轄《ちょっかつ》となり、西洋医学が事実上、公認される形となった。

初代頭取に蘭方医の大槻俊斎《おおつきしゅんさい》が任ぜられたが、翌文久《ぶんきゅう》元年八月に幕府に解剖願いを提出し、その中で「解体の儀は西洋医学術の基礎」であるとして、医学研究のために解剖をおこないたいので刑死人の遺体をさげ渡して欲しいと上申した。これに対して町奉行は、刑死人の解剖は許すが、それは処刑する刑場内に限る、と回答した。

種痘所は医学所と改称され、明治維新後、新政府は、これを接収して大病院とした。

山脇東洋以来、多くの批判を浴びながらもつづけられてきた解剖は、すでに公許されたものになり、西洋医学を身につけた緒方惟準をはじめ大病院の教授たちは、大槻俊斎と同じようにそれが「西洋医学術の基礎」と考え、解剖の機会の到来を待ち望んでいた。

そうしたかれらに、宇都宮鉱之進の願い書は歓迎すべきものではあったが、これまでの解剖例と本質的に異なっていることから、どのように処理すべきか判断がつかなかった。

第一、旧幕府以来の解剖の対象はすべて斬首された刑死人の遺体で、それらの内臓を露出させることも、凶悪な罪を犯した者に対して決して不自然ではないという意識がひそんでいた。

しかし、宇都宮は、旧尾張藩士の家の出で西洋の学問をまなび、秀《すぐ》れた化学研究者として認められている。そのような男の臓器を露出させることが、果して許されるものかどうか。

それに、宇都宮が生きていながら死後の解剖を願い出ていることは、想像の範囲をはるかに超えたものであった。宇都宮は、自分の遺体を解剖してもらうことで「後進医学修業の一助」にして欲しいと望んでいて、それはいかにも西洋の学問を身につけた者らしい合理的な考え方であるとは思うものの、それをそのまま受け容れてよいものかどうか。

判断を下しかねた大病院では、その願い書を東京府に送付したが、この願い書の内容が大病院の教授たちの口から広く西洋医学をまなぶ医師たちの間に伝わり、大きな反響を呼んだ。死期の迫った一般人が医学進歩のため遺体を解剖用に提供したいという申出に驚くとともに、宇都宮の申出に新しい時代にふさわしい知性を感じた者も多かった。

大病院から送られてきた宇都宮の願い書を受けた東京府は、大病院と同じようにどのように扱うべきか困惑し、知事の大木喬任《たかとう》は広く有識者の意見を求めた。しかし、結論は容易に出ず、その年は暮れて翌二年二月に至って、「願の通（り）御免被二仰付一《おおせつけられ》候《そうろう》」という許可の書面をあたえた。大病院は政府の機構改革にともなって医学校兼病院と改称され、医学校、病院、種痘館、黴《ばい》（梅）毒《どく》院、薬園が附属した。

医学校では、宇都宮にそれを伝えたが、思いがけぬ変化がかれの身に生じていて、それは実行に移されることはなかった。

前年の八月十九日、幕府海軍副総裁榎本武揚《えのもとたけあき》は、新政府の旧幕府に対する措置に反撥して軍艦八隻《せき》をしたがえて品川沖から脱出し、十月に蝦夷地《えぞち》（北海道）に至って、それを支配下におさめた。

宇都宮は、開成所の化学所に勤めていた頃、榎本と親交をむすび、榎本がオランダ留学で化学知識を得ていたことからひんぱんに意見交換もおこなった。

榎本の品川沖脱出と蝦夷地占拠を知った宇都宮は、榎本の身を案じていたが、政府の追討令が布達されることを知り、京都の太政官《だじようかん》に追討中止を嘆願しようと決意した。かれは重症の身を駕籠に託して京都に至り、太政官に懇願したが、もとよりそれは容れられるはずもなかった。

この常軌を逸した京都への強行の旅が、かれの体に奇蹟《きせき》をもたらした。かれを苦しめていた激痛をともなう症状が思いがけず消え、歩行も可能になり病いから解き放たれたのだ。

やがて東京にもどったかれは、願い書が許可されたことを知ったが、すっかり健康を取りもどしていたことから、それは自然消滅という形になった。

明治二年三月にかれは新政府の開成学校に出仕を命じられ、七月二十八日には大学中助教に任じられた。

（その後、宇都宮は化学研究の権威者として政府に仕え、セメント、耐火白煉瓦《れんが》を初めて製造するなど、化学知識を駆使していちじるしい業績をあげ、その分野の元勲として重きを成し、明治三十五年に六十九歳で歿《ぼつ》した。化学という用語は、かれの発案である）

実行には至らなかったが、宇都宮が死後解剖の願い書を提出して東京府が許可をあたえたことは、医学校を中心とした西洋医学に情熱をいだく医師たちに、解剖に対する新しい意識をいだかせた。解剖の対象が刑死人に限らず一般人であってもよく、さらに死期の迫った者が死後に自らの体を提供することも公《おおや》けに許容されるのを知ったのだ。

明治二年五月十八日に政府軍と蝦夷地で激闘をつづけていた榎本武揚ひきいる旧幕府軍が降伏し、維新にともなう戦乱はすべてやんだ。平和の到来で、政府は各部門の機構整備に手をつけ、ことに医学の教育機関、治療施設の充実を急務とした。

それにこたえて医師たちも、西欧の医学水準に少しでも近づこうという意識のもとに、一層、知識の吸収につとめていた。

解剖は医学の基本という考え方がかれらの間で一般化していたが、明治維新以来、一例もおこなわれていないことを不当に思っていた。

苛立《いらだ》ったかれらは、自然に医学校に付属した黴毒院に視線をそそぐようになった。その医療所は、ひろく蔓延《まんえん》する梅毒におかされた重症患者を収容していたが、治療法もなく死を迎える者が多かった。

黴毒院は、徳川吉宗が創設した小石川養生所の性格をそのままうけついだもので、極貧の梅毒患者に無料で薬をあたえ治療をほどこす施療院《せりょういん》であった。患者たちは、当然、黴毒院を管轄する医学校に感謝の念をいだいているはずで、その恩義に報いるために死の確定した患者が死後の解剖を受け容れることも期待できる、と考えたのだ。

黴毒院に収容されている患者の症状は、悲惨だった。体は吹出物でおおわれ、口の中はただれて食物はとれず、眉《まゆ》や髪は抜け落ちている。陰部はもとより肛門《こうもん》も腐爛《ふらん》して激しい疼痛《とうつう》が起っていて、排尿する折にはその痛みに堪えかねて泣き叫ぶ。意識も乱れて痙攣《けいれん》を起し、吐血する者もいた。

かれらの大半は死をまぬがれることは不可能で、その死後に遺体を解剖できれば、と教授たちはひそかに考えた。しかし、それは宇都宮鉱之進が願い書を出したように、患者自らがそれを望んでいるという形であらねばならなかった。

医学校では、そのことを想定して政府に嘆願書を提出した。

「医学研究の為《た》め屍体《したい》解剖」が必要であるのは今さら述べるまでもないことだとして、「入院患者中重症不治の者　当人死後解剖を願出《ねがいい》づる者ある時　解剖試験を為《な》す事を」許して欲しい、と懇請した。

これに対して政府は、許可する旨《むね》を伝え、ただし「解剖後厚く弔」うようにと指示した。

これによって条件はととのい、「死後解剖を願出づる者」の選択にかかった。黴毒院に入院している患者の中に、みきという三十四歳の女がいた。長年遊女をしていた女で、重症患者として入院していた。

みきの病勢は進み、体は瘦せこけ、寝たきりの状態で舌もただれて出血し、わずかに水を飲むだけの有様であった。激痛にもだえ、時折り激しい痙攣に襲われた。死は確定し、みき自身もそれを自覚していた。

医学校の医師は、息を喘がせているみきを婉曲に説得した。死をまぬがれられぬ者として、これまで無料で治療をつづけてきた医学校の恩義にむくいるためにも、医学の進歩をうながす死後の解剖を受け容れるように、と情理をつくして説いた。

口をつぐんでいたみきの心を動かしたのは、解剖後、厚く弔うという医師の言葉であった。遊女は、死ぬと投込寺の穴に遺棄されるのが半ば習いとされていて、その霊はむなしくさ迷うと言われている。医師は、解剖後、丁重に葬儀をとりおこない、戒名もつけてしかるべき寺の墓地に埋葬し、墓も建ててやる、と説いた。

みきは、死後の安息を得られるのを知り、医師の説得を受け容れた。

これによって、医学校ではただちにみきの願い書を代作した。内容は、黴毒院で懇切な治療をしてくれたことに感謝している旨がしたためられ、もはや重態で癒ることもおぼつかない身であるので、死後解剖して下さればありがたいという趣旨のものであった。

医師は、その願い書をみきに読んできかせ、拇印《ぼいん》を捺《お》させた。

医学校では、さらに慎重を期して、みきの親族がこのことについて諒承《りようしよう》しているという証書を得ておく必要があると考えた。みきの兄和助、父彦四郎、母ふしが駒込追分町に住んでいたので、医学校の病院掛が出向き、町年寄の三五郎立会いのもとにみきが拇印を捺した願い書を見せた。

病院掛がそれを声をあげて読むと、どのように判断してよいのかわからぬらしく、和助たちは表情をかたくして口をつぐんでいた。

「当人は、このような願い書を出すことを望み、捺印《なついん》したが、親族の御意向はいかがか。同意か、それとも不同意か」

病院掛は、そのような場合を想定して政府にお伺いを立てたところ、許可する旨の回答を得、ただし解剖後手厚く弔うようにと指示されたことも口にした。

黴毒院にみきを見舞いに行っていた母ふしの報告で、和助たちはみきの死が時間の問題であるのを知っていた。貧しいかれらには、手のほどこしようがなく、無料で薬をあたえ治療をほどこしてくれている黴毒院の意向に反することはできなかった。

それに、懇《ねんご》ろに弔ってくれるということが、みきにとって得がたい幸せになるとも思った。みきが死んで遺体を黴毒院から引き取っても、葬儀を営む経済的なゆとりなどなく、土中に埋めてもただその上に石を置くにすぎない。

和助は、父母と話し合い、みきが望んでいるのだから、それに従うべきだということになった。

病院掛は、早速、和助たち親族がみきの死後解剖についてすべてを諒承しているという書面をつくった。

「病人みき儀　厚キ御療治ヲ蒙《こうむり》　難レ有《ありがたき》仕合《しあわせ》（に）奉レ存《ぞんじたてまつり》候《そうろう》」と、まず黴毒院への感謝がつづられ、ついでみきがすでに重態で「全快モ無二覚束《おぼつかなく》一」、それによって死後解剖をみきが望み、親族も「当人望（み）之《の》通」りにしてやりたく、「毛頭異存無」いことを後日のためにここに記す、と書かれていた。

この書面に、兄和助、父彦四郎、母ふしが署名し、和助と彦四郎が捺印した。

また、立会い人の町年寄三五郎もそれを確認し、

「右之趣　相尋候処《ところ》　無二相違一御座候」

と書き、署名捺印した。

宛名《あてな》は、黴毒院であった。

これによって、みきの死後解剖の形態はととのった。

梅雨らしく雨の日がつづいていたが、七月に入ると気温は上昇して眩《まぶ》しい夏の陽光が東京の町々に降りそそいだ。

黴毒院では、施療医師に指名された町医たちが交替で治療にあたり、みきの容態を医学校の病院掛に報告していた。病人部屋には患者の体からにじみ出る膿汁《のうじゅう》の悪臭が漂い、炎暑もあって息もつけなかった。

みきは、すでに意識も薄れがちで、肉はすっかりそげ落ちていた。

八月十二日は、朝から残暑が甚《はなは》しかったが、その夜、看護に雇われていた女が、みきの息がとまっているのに気づき、詰所にいる町医に伝えた。病人部屋に入った町医は、みきの心臓が停止しているのを知り、死亡を確認した。遺体は、棺桶《かんおけ》代りの水甕《みずがめ》に入れられた。

その報告を受けた医学校では、ただちに遺体をおさめた甕を薬品を保管する涼しい場所に移し、さらに防腐のため塩を甕の中のみならず口と肛門にも詰めこませ、教授たちを急いで集め協議した。

かれらは、当然のことながら解剖に直接従事した経験はなく、極度に緊張していた。解剖そのものは解剖書を参考におこなうことはできるが、解剖が法にふれぬよう万全の手を打つ必要があった。

旧幕府時代におこなわれた解剖はすべて刑死人を対象としていたが、みきは犯罪とは無関係の民間人である。いわば日本では初めての解剖例で、検察機関の許可を得なければきびしい譴責《けんせき》をこうむる恐れがあった。

その年の五月二十二日、政府は巡察と非違《ひい》の糾弾を目的とした弾正台《だんじょうだい》を設置していたので、弾正台の意向をただすことになった。

医学校の病院掛が弾正台宛の伺い書の文案を作成した。その内容は、左のような趣旨のものであった。

すでに病死した者を解剖することは政府の御許可を得てあるが、死後解剖を願い出ていた者が死亡したので、医師たちの手でそれを実行に移したい。それについては、弾正台から使者が派遣され、御検視の上解剖すべきなのか、それとも事後報告のみで実施してよいのか。残暑きびしい時期で腐敗が早まるので、早々に御指示いただきたい。

この伺い書は、翌十三日朝、医学校より弾正台に提出された。

これに対して、弾正台の回答が夕刻に医学校に寄せられた。それは、すでに政府によって許可されているものでもあるので検視の必要はなく、解剖については後日、報告のみでよいと記されていた。

弾正台の理解ある態度に安堵《あんど》した医学校では、ただちに解剖の準備に手をつけた。医学校は、旧藤堂家の江戸屋敷地に設けられていたので、学校出入りの大工に命じてその敷地の一郭に急いで仮小屋を建てさせた。さらに一般人の立入りを禁じるため、小屋をかこんで竹籬《たけまがき》をむすばせ、その上に幕を張りめぐらせた。

小屋の中に据える解剖台も作らせた。台には血液、臓液を滴《したた》り落す孔《あな》が数個うがたれ、遺体の首の部分に木枕《きまくら》に相応するものを設けた。また、執刀者と助手が両側から遺体の近くで作業できるように、台の左右を半月状にけずった。手洗場も設け、解剖に要する器具その他が運び入れられ、作業は深夜にまで及んだ。

維新以来初めておこなわれる解剖に、報《しら》せを受けた医学校を中心にした医師たちは興奮した。

翌日は、夜明け前から細かい雨が降り、旧藤堂家屋敷の敷地に生い繁《しげ》る樹木の葉は緑の色が濃かった。涼しい朝であった。

定刻前に、医学校の教授をはじめ多くの医師や医学徒たちが緊張した面持ちで小屋の周辺に集まってきていた。その中には、英才の名の高い長谷川泰《たい》や石黒忠悳《ただのり》の姿もあった。

やがて竹籬に張られた幕が開かれて、甕から出され白い布におおわれたみきの遺体が、黴毒院に雇われている男の看護人の手で戸板にのせられて現われた。下男たちが戸板の上に傘をさしのべ、近づいてきて小屋の中に入った。

司会の病院掛の指示で、布につつまれた遺体が解剖台の上に移された。医師たちが無言で小屋の中に入り、下男たちは小屋の外に出ていった。庇《ひさし》から滴り落ちる雨の音がかすかにしていた。

布が生徒たちの手で取りのぞかれ、黴毒院支給の病衣を身につけたみきの遺体が現われた。塩は取りのぞかれていた。

青白い顔には発疹《はっしん》の色もなく、苦痛にゆがんでいた表情も別人のようにおだやかであった。眉毛はまばらであったが、目鼻立ちがととのっていて、病いにおかされる前はさぞ美しい女であったろうと想像された。

解剖助手に指名された医学校生徒が、解剖台の右側に立ち、手を伸ばして病衣を脱がせ、朱色の腰巻を取りのぞいた。小屋の中には焚《た》かれた香の匂《にお》いがただよっていた。

体の所々にただれの跡が残り、体は痩せこけ骨が浮き出ている。乳房はしぼんでいたが、陰毛の豊かさと艶《つや》をおびた黒さが際立《きわだ》っていた。

遺体を見つめる医師たちは、みきの片腕に思いがけぬものがあるのに視線を据えた。

それは刺青《いれずみ》で、梅の花が数輪ついた枝に短冊《たんざく》が少しひるがえるようにむすばれている。短冊には男の名の下に「……さま命」と記されている。

毎夜多くの男に身を売る遊女も、惚《ほ》れた男には心中立てとしてその男に真情をしめすため起請彫《きしようぼ》りをすることもある。墨で男の名を自分の腕に書き、針をこまかく刺して刺青をする。白い肌にその刺青の線と青い色がなまめかしく、みきの男と乱れ合う夜の営みが浮き出ていた。

執刀者は医学校生徒の田口和美《かずよし》で、メスを手にすると解剖台の左側に身を寄せた。かれは、武蔵国《むさしのくに》埼玉郡藤畠郷の医師の子として生れ、十五歳で江戸に出て林洞海《どうかい》と赤沢寛堂に蘭《らん》医学をまなんだ。九年後、医学知識と経験を身につけたかれは、郷里に近い下野国《しもつけのくに》佐野で開業し、近隣の評判となって遠くの地からも診療を請《こ》う者が多かった。

維新後、一層医学の研鑽《けんさん》につとめようとしたかれは、妻子を残して上京し、医学校に入学した。すでに三十一歳になっていた。

かれは早くから解剖に強い関心をいだき、西洋の解剖書を読むとともに、旧幕府時代に繰返された解剖の記録にも入念に眼を通していた。医学校の生徒ではあったが、豊かな知識をもっていることから執刀者に指名されたのである。

また、同じように解剖についての知識をもつ桐原真節が説明者に任じられ、解剖台の右側に設けられた台の上にあがった。見学する医師たちは、その両側に立っていた。

田口が一礼して、咽喉部《いんこう》にメスの刃先を深く食い込ませ、心臓の下方まで切り開いた。かすかな腐臭がひろがったが、かれは顔をしかめることもせず西洋の解剖書の仕方にしたがって鋸《のこぎり》で肋骨《ろっこつ》を丁寧に切断し、胸骨を取り去って肺臓、心臓を露出させた。

桐原は解剖の進行にともなって説明をつづけ、絵に素養のある医学校生徒が彩色をほどこして臓器を描き、他の者が詳細に記録した。

細い竹の管を助手から受け取った田口は、切断した気管にそれを挿入し、麻糸で隙《すき》間《ま》のないようにかたくしばりつけてから、管に口をつけて強く息を吹き込み、肺臓を膨脹《ぼうちょう》させた。見学者は身じろぎもせず、息をのんだように見つめている。

田口の顔に汗が浮び、かれはメスで鳩尾《みずおち》から臍《へそ》の上一寸ばかりの個所まで慎重に切り開き、胃、腸、肝臓、脾臓《ひぞう》を観《み》せた。

桐原の説明に見学者はそれらの臓器を身を寄せて凝視し、それが終ると田口は横隔膜の周囲を少しずつ剝離《はくり》して、肝臓、胆嚢《たんのう》を摘出し、それらを裁断して断面を観せた。

桐原の指示で田口は、胃を取り出して縦割りにし、つづいて脾臓、膵臓《すいぞう》にメスを食い込ませ、腸を体外に出した。さらに田口は、子宮、卵巣《らんそう》、膣《ちつ》を露出させ、画者はそれを描き、書者は記録した。

解剖をはじめてからかなりたっていたが、時間の観念は失われていた。

桐原との事前の打合せで、頭蓋骨《ずがいこつ》の解剖は避けることをきめていた。骨はきわめて堅牢《けんろう》で、しかも複雑な内部を傷つけずに切り開くのは至難のわざであり、後日の解剖にゆだねることにしたのである。

最後は、四肢の筋肉を観ることで、田口は、肩から手の甲までメスを入れて皮膚をはがし、筋肉を観せ、肩胛骨《けんこうこつ》、肘《ひじ》の関節を露出した。足は股《もも》の筋肉を割いて股関節《こかんせつ》をあらわにし、膝《ひざ》も同様の作業をほどこして膝蓋《しつがい》を観せた。

これによって桐原は、解剖が終ったことを告げ、田口は遺体に一礼し、見学者もそれにならって頭をさげ、手を合わせる者もいた。

田口は、助手の手をかりて切開部を入念に縫合し、解剖台をはなれると手を洗滌《せんじょう》した。

この解剖は、西洋医学の解剖の方法に準じたもので、医学校関係者をはじめ剖見者たちは満足した。

生徒たちによって遺体が清められ、病衣と腰巻がつけられた。解剖台とその周囲も水で洗われた。

下男たちが、水甕をかかえて小屋に入ってきた。すでにみきの遺体は白布におおわれていて、下男たちはそれを甕の中に坐《すわ》る形にしておさめ、小屋の外に運び出した。甕は大八車にのせられて幕の外に消えた。遺体は再び塩詰めにされることになっていた。

医学校では、政府よりの「解剖後厚く弔」うべきことという指示にしたがって、すでに前日に学校関係者が集まり協議をしていた。

まず、みきの埋葬地をどこにすべきかが話し合われた。それについては、親族の意向をただし、その希望に従うのが穏当ということになった。

そのため医学校では、みきの父彦四郎に対して、

「(埋葬地をどこにすべきか)望居《のぞみおり》候場所も有レ之《これあり》候ハヽ当役所江可ニ申出一《もうしいずべき》候事」

という書面を送った。

これに対して、みきの親族の意向をうけて町年寄三五郎から、

「みき埋葬地
　小石川戸崎町　一向宗東本願寺末寺
　　念速寺」

にして欲しいという申出書が提出された。

これによって埋葬地は決定し、医学校の病院掛は、念速寺におもむいて送葬、葬儀、埋葬について住職と詳細な打合わせをおこなった。

埋葬は、十六日と定め、

「解剖体　水瓶（甕）ニ入棺ニ而《て》葬シ候事」

と発表し、弾正台にも報告した。弾正台では、手代の小村半兵衛が出張して送葬から埋葬まで立会うことを伝えてきた。

当日は曇天で、秋の気配を感じさせる涼しい日であった。

医学校には、みきの父彦四郎、母ふし、兄和助と親戚《しんせき》の者四人、それに町年寄の三五郎が招かれた。一室に白い布につつまれた甕が安置され、灯明がともされて、かれらは焼香した。

弾正台から手代の小村半兵衛が姿を現わしたのにつづいて念速寺の僧一人が到着し、医学校の病院掛もそれぞれ礼装して集まった。

僧の読経《どきよう》の後、甕が六人の人足のかつぐ大型の駕籠《かご》にのせられ、その前に白張提灯《しらはりぢようちん》をかかげた二人の者が立ち、医学校の門を出た。みきの血縁者、弾正台の手代、医学校の関係者らが従った。

白張提灯をかかげた長い葬列に、沿道の人々は身分の高い死者の送葬と思ったらしく、道の端に身を寄せ、合掌し頭《こうべ》を垂れる者もいた。

葬列は家並の間を進み、やがて小石川の寺町に入り、伝通院《でんずういん》のかたわらを過ぎて戸崎町の念速寺の門をくぐった。

甕が本堂に運び込まれ、四人の僧の読経のもとに葬儀がおごそかにおこなわれた。みきには釈妙倖信女という戒名がおくられた。

葬儀を終えて、甕は人足によってかつがれて寺の境内にある墓地に運ばれ、埋葬された。

その日の費用として医学校の会計掛は、読経料として百疋《ぴき》と心づけ五十疋、僧四人にそれぞれ百疋と心づけ五十疋、穴掘り料百疋を念速寺に贈った。

さらに、みきの親族を町年寄三五郎付添いのもとに医学校に招いた。病院掛は、みきの実家に対する手当として十両、寺へ甕を運んだ人足に百七十五疋、みきの親戚に二百疋を三五郎に渡し、それぞれ配付するよう伝えた。三五郎は受領書を提出し、医学校への感謝の言葉を述べた。

その後、医学校では、埋葬した地に墓を建立《こんりゆう》した。碑面には美幾女之墓と記され、裏面には死後解剖を遺言して実施し、体内の状態を調べることができたのは「大発明」であり、この解剖は日本で初めて一般の病死者を対象にしたもので、医学校ではみきの高い志をたたえ、ここに墓を建立するものである、と刻まれていた。

みきは、日本での特志解剖第一号となったのだが、維新以来、初めておこなわれた解剖は医学界に大きな刺戟《しげき》をあたえた。

政府が解剖に理解をしめすというより好意をもって推し進めるよう支援してくれたことを知った医学校では、積極的に解剖をおこなおうと考えた。

しかし、一般の病死者の中から解剖の対象を得ることはほとんど望みがないのを知っていた。みきは特例中の特例で、死んだ後に体を開かれて内臓を人の眼にさらすことを、死んでゆく者は望まず、遺族もそれを容認するはずがない。

江戸時代に解剖の対象になったのは、例外なく刑死者で、それらは処刑後遺棄される定めになっていて解剖するのになんの支障もなかった。

医学校では、やはり刑死人にすべての焦点をあてるべきだ、と考えた。処刑した罪人の遺体は、旧幕府時代の獄則をひきついで野捨てにされていて、そうした刑死体を解剖するのが最も好ましいという結論になった。

医学校では、東京府に対して「人体解剖之儀ハ医道ニ於《おい》テ」最も重要なことであり、この実施が「医術之基礎」であると述べ、一カ月に刑死人の遺体を二体ずつでもさげ渡してもらいたい、という趣旨の願い書を提出した。

この願い書の回答はすぐにあると信じていたが、期待に反して東京府からはなんの音沙汰《おとさた》もなかった。

政府の機構改革によって、十二月十七日、医学校兼病院は、大学東校《とうこう》と改称され、大学大博士の佐藤尚中《しょうちゅう》が主宰に任じられた。

明治三年の正月を迎え、東京府からの反応がないことに苛立《いらだ》った大学東校は、東京府に対してかさねて要望書を提出した。

刑死体をお渡しいただきたいという願い書を出したにもかかわらず、一体もおまわし下さらず新年を迎えてしまいました。もしも処刑された者がいた場合には至急お渡しいただきたく、死刑執行前に獄死した者でもさしつかえないので、至急おとりはからい下さいますよう、ここに要望する次第です。

しかし、二月に入っても、東京府からはなんの回答もなく、大学東校の焦慮はつのった。

十九日朝、黴毒院《ばいどく》の事務局から佐藤尚中のもとに、入院患者の娘が訪れてきて一通の願い書を提出したという報告があった。それは思いがけぬ内容で、黴毒院を管轄《かんかつ》下におく大学東校は色めき立った。

提出したのは、八丁堀亀島町の金次郎という入院患者の娘たけであった。

願い書の内容は、左のような趣旨のものであった。

冒頭に、父金次郎が梅毒におかされながら貧しいために治療もうけられず、施療《せりよう》患者として黴毒院への入院を願い出たところ、御慈悲をもって許され手厚い診療をいただいていることに深く感謝しているとつづられていた。それにつづいて、金次郎は明日をも知れぬ重態の身で、自らの体を解剖してもらえれば医道進歩の一助になるとき、私（娘たけ）に死後解剖を遺言しているので、なにとぞ父の願いをききとどけて欲しい、と記されていた。

大学東校の教授たちは、思わぬ希望者が出たことを喜んだが、この願い書が果して金次郎の遺言によるものであるのかどうか確かめておく必要があった。

大学東校の事務掛が、黴毒院の医師とともに病臥《びようが》している金次郎のもとにおもむき、娘たけから願い書が提出されたことを口にし、遺言が事実かどうかをただした。

病み衰えた金次郎は、弱々しい声ではあったが、相違ないと即座に答え、なにとぞ願いをおききとどけ下さい、と言った。これによって、願い書が本人の希望であることがたしかめられたが、大学東校では慎重を期して、金次郎の借家の家主である町年寄惣吉のもとに事務掛を出張させ、願い書をしめして同意か不賛成かをただした。

惣吉は、たけを呼んで意向をきき、

「当人望（み）之通」り死後解剖することに「毛頭異存」はないという証書を書き、署名捺印《なついん》した。

これによって、解剖を実行する条件は完全にととのった。

しかし、なぜ本人と娘がともに死後の解剖を願い出たのか。みきの場合は、多分に医師の説得に本人と親族が応じた形になっているが、金次郎の場合は、医師は全く介在せず自発的な請願をしている。

その理由について、大学東校の教授たちは容易に推察できた。

むろん黴毒院に入院している患者の間には、みきの遺体が手厚く葬《ほうむ》られたことが伝えられていた。白張提灯のかかげられた長い葬列、僧四人による念速寺での葬儀、立派な戒名と墓碑の建立、それらは貧しい入院患者たちには到底望めぬものであった。施療院である黴毒院に入院している金次郎は、死後、葬儀を営む金などなく、まして墓など建ててもらうことなど考えられない。余命も短いのを察した金次郎は、死後の葬儀、墓の建立を望み、娘のたけも父の意向をそのまま受け容《い》れ、賛同したにちがいなかった。みきの遺体を解剖後、手厚く葬ったことが、金次郎の自発的な死後解剖の願いにつながった、と解釈されたのである。

その夜、黴毒院からの報告が大学東校に伝えられた。金次郎の容態が急変し、死亡したという。

大学東校では、早くも機会が到来したことを知り、ただちに解剖の準備にとりかかった。解剖に使用された仮小屋はそのまま残され、内部に解剖台も置かれていた。解剖者はみきの折と同じように田口和美が指名された。田口は解剖学に豊かな知識をもっていることが認められ、生徒から抜擢《ばってき》されて少句読師《しょうくとうし》に任ぜられていた。

翌二十日は雲一片もない快晴で、教授、生徒をはじめ報《しら》せを受けた医師たちが大学東校に集まった。

金次郎の遺体が小屋に運び込まれ、解剖台に仰《あおむ》向きに横たえられた。

田口は、前回より自信にみちた態度でメスを遺体に食い込ませ、つぎつぎに臓器を露出させた。桐原真節が台の上に立って説明し、医師たちの間から熱のこもった質問が次々に出て、桐原の回答が終るのを待ってから田口がメスを動かす。そのため時間はかかり、終了したのは夕闇《ゆうやみ》がひろがりはじめた頃であった。

その日、大学東校から弾正台《だんじょうだい》に金次郎の遺体を解剖した報告書が提出された。前回のみきの解剖の折の、検視の必要はなく報告のみでよいという弾正台の指示にしたがったのである。

解剖後の遺体は丁重に埋葬することが義務づけられていたので、大学東校は娘たけに「当人望之寺」があれば申出るように伝えた。

翌二十一日、たけから芝二本榎《しばにほんえのき》の覚真寺に埋葬して欲しいという願い書が出され、大学東校はそれを覚真寺に伝えた。

翌日、葬列が大学東校の門を出た。

みきの場合と同じように白張提灯をかかげた者が二人、先頭に立ち、遺体をおさめた甕《かめ》をのせた駕籠を六人の人足がかつぎ、僧と会葬者が従った。娘のたけは位牌《いはい》を手にしていたが、そこには成誉言顕道信士という戒名が記されていた。

葬列は覚真寺の門をくぐり、甕が本堂に運び込まれて四人の僧によって葬儀が営まれた。甕は墓地に運ばれ、埋葬された。

寺には永代読経料として三両、たけには二千疋の金が渡された。

この葬儀の模様は、葬列に参加した黴毒院の事務掛から院内の患者たちにさりげなく伝えられた。

金次郎の葬儀が終ってから七日後、またも死後解剖を願う書面が黴毒院の事務局に提出された。深川大島《おおじま》町の林右衛門の借家を住所とする竹蔵という男からのものであった。

その願い書によると、竹蔵は前月に黴毒院に入院し治療を受けているが、きわめて重症で平癒は全く望みがない。身寄りの者がないので、死亡しても水や花を供えてくれる者はなく、野に捨てられて野犬や鳥の餌食《えじき》になるのが落ちである。それでは余りにもみじめなので、死後解剖をしていただき、同じ病いにおかされた人の治療のお役に立ちたいので「格別之御慈悲を以《もつ》て」死後解剖して下さるよう懇願いたします。

竹蔵は、家主の林右衛門にも同じような趣旨のことを伝えていて、林右衛門からも、

「……兼而《かねて》当人より遺言ニ付　何卒《なにとぞ》死後解剖を（して下さるよう）奉ニ願上一候《ねがいあげたてまつりそうろう》」

という書面も添えられていた。

その報告を受けた大学東校では、金次郎についで早くも志願者が出たことを知り、その死を待った。

竹蔵は、すでに食物を嚥下《えんか》できず、辛うじて水を口にできるだけになっていた。

三月三日、竹蔵の意識は薄れ、夕刻に息絶えた。

解剖は、翌日の正午より開始され、日が傾きはじめた頃終了した。その日も多くの医師や医学徒が集まり、臓器が描かれ記録された。

遺体は深川の浄心寺にある宣明院に送られ、葬儀後、丁重に埋葬された。

この解剖によって、大学東校ではつづいて志願者が出ることを期待し、黴毒院の患者を見守ったが、その後願い書を出す者は絶えた。

明治政府が発足以来、解剖は東京のみでおこなわれていた。二年八月のみきの解剖を最初として三年三月までに金次郎、竹蔵の遺体がそれぞれ解剖台でメスを加えられたが、それらはいずれも黴毒院患者の生前志願によるものであった。

大学東校を中心とした医師たちは、医学知識の向上を望んでいただけに、七カ月の間にわずか三体の遺体を解剖したにすぎないことに大きな不満をいだいていた。西欧では連日のように解剖がおこなわれ、それが病人の治療にいちじるしい効果をあげているときいていた。

医師たちは、重病人の遺言による解剖だけでは、当然のことながら限界があるのを知っていた。かれらは、旧幕府時代のように刑死人を解剖の対象とするのが最も好ましいと考えていた。

明治維新の混乱で、犯罪者として捕われ処刑される者が多かった。それらの遺体は、旧幕府時代と同じように遺棄されていて、医師たちはそれらをもらいうけて解剖の対象にしたかった。

大学東校では、主宰の佐藤尚中が政府の要望を受けて、医学徒とともに小伝馬町《こでんまちよう》の獄舎に出張して病気にかかっている囚人たちの治療にあたっていた。自然に獄舎を管理する官吏と接する機会が多く、その度に佐藤は、刑死人の遺体を引渡してもらい解剖することができれば、医学の進歩に大きく貢献すると説いた。それに対して理解をしめす官吏が多かった。

旧幕府時代の牢獄《ろうごく》の規則は、懲戒を主旨としていただけに残虐苛酷《ざんぎゃくかこく》なものであったが、幕末の頃から反省の気運がたかまり、明治政府は、欧米先進国に恥じぬ規則を設ける姿勢を強め、獄則改良を推し進めていた。

梅雨の季節が過ぎ、夏の陽光が東京の町々に眩《まば》ゆくひろがった頃、画期的な獄則改定が公布され、大学東校の教授たちは刑死人の遺体解剖に大きな影響をもたらすものだけに注目した。

それまでは、処刑された罪人の遺体は刑場に捨てられて野犬その他の食いあさるにまかせていたが、遺体を親族が引取りたいという申出があった場合には下附することを許すというものであった。これは、刑死人すべての遺体解剖を願望する教授たちにとって、対象が制限されることを意味していた。しかし、それに附随して、「下附スベキ親戚《しんせき》ナキモノハ、大学東校医員ノ請ニ因《よっ》テ解剖スルコトヲ許ス」という条項が添えられていて、教授たちは刑死人の解剖が法によって公許されたことを知った。ただし、その獄則改定では、極刑の梟首《きょうしゅ》刑に処せられた者の遺体は、解剖することを許すが、これまで通り野捨てにすると定められていた。

この公布にどのように対処すべきか、大学東校では協議を重ねた。

夏が過ぎ、秋の気配が濃くなった十月三日、黴毒院の患者から死後解剖の願い書が提出された。それは、きわめて重症の小日向水道町《こひなたすいどうちょう》を住所として売春を業《なりわい》としていた、む津という女性からのものであった。

願い書によると、長い間梅毒に苦しみ、前月に黴毒院への入院を許されて治療を受けていたが、日を追って病状が悪化して平癒は全く望めない状態に立ち至った、と記されていた。

それにつづいて、「私儀元より極貧者ニ而《て》、其上《そのうえ》身寄之者」もなく、死んだ後遺骸《いがい》がどのような扱いを受けるか心許《こころもと》ないので、なにとぞ「御慈悲を以《もって》死後解剖」して下さるよう願い上げます、とむすばれていた。

この願い書には、む津の家主である正五郎からの、遺言をおききとどけいただきたいという請願書も添えられていた。

久しぶりの志願者に、教授たちは解剖の準備に手をつけたが、翌朝、早くも黴毒院からむ津の死が伝えられた。死期が眼前にせまったことを察したむ津が、急いで願い書を提出したにちがいなかった。

大学東校では、見学希望者たちに連絡し、その日の正午より田口和美の執刀で解剖がおこなわれた。

身寄の全くないむ津には、縁のある寺はなく、無縁仏を引受けている豊川町目白台の本住寺に埋葬のことを掛け合い、諒承《りようしよう》を得た。むす津の葬列には、家主の正五郎が親族の代りとして参列し、遺体をおさめた甕が本住寺に運ばれ、葬儀後、無縁墓地に埋葬された。戒名は深入妙定信女で、永代読経《どきよう》料として三両が寺に贈られた。

む津を解剖することができたが、そのような重症者の生前志願による解剖は多くを望めないことを教授たちは知っていた。みき以来一年二カ月の間に四体の遺体解剖をおこなったが、それはむしろ奇蹟《きせき》に属すもので、今後はそのようなことが絶無になると判断するのが当を得ていると考えていた。

八月に公布された獄則の改正で、引取り手のない刑死人の遺体は、大学東校で解剖に付すことを許すとある。政府の解剖に対する深い理解をしめすもので、大学東校ではそれに対して積極的な姿勢をとるべきであると判断した。

そうしたことから、む津の解剖がおこなわれてから半月後の十月二十日、左のような要望書を政府に提出した。

人体の解剖は、医道に於《おい》て最も重要なことであるにもかかわらず、明治維新後わずか四体の解剖を果したにすぎない。それらはすべて特別に志願した一般の病死者を対象としたもので、これではらちがあかず、刑死または獄死した者のうち引取り手のない遺体を、なにとぞ大学東校にお渡しいただき解剖できるよう切に要望する。

すでに政府では、獄則改定によってそれを決定していたので、ただちにその日、全面許可すると回答し、関係各機関にも通達した。

社会情勢は不安定で、犯罪がしきりに発生し、捕われて処刑される者が多かった。政府からの回答で、大学東校の教授たちは、処刑者の遺体がぞくぞくと送り込まれてくることを予測した。処刑される罪人は身許不明の者が多く、たとえ縁者があっても係わり合うことを避ける傾向が強い。通達では、縁者が引渡しを求めた場合は遺体を下附するとあるが、処刑した日にその申出がなければ解剖遺体として大学東校に送られてくる。つまり刑死者の大半は、大学東校で受領することになる。

大学東校としては、長年の悲願が一挙に達成されることになり、それに応じた準備があわただしくはじまった。

それまでの解剖は、大学東校のある旧藤堂家屋敷の敷地内に急造した仮小屋でおこなわれていたが、そこでは見学者が小屋にひしめき合い、入れぬ者が多かった。そのため、旧藤堂家の剣術、槍術《そうじゅつ》の稽古《けいこ》がおこなわれていた道場が空家になっていたので、その建物を正式の解剖場と定めた。新たに解剖台をつくって据え、その周囲に解剖を容易に見ることができる雛壇《ひなだん》式の見学者席をもうけた。おびただしい解剖用具を置く台や遺体洗滌所《せんじょうしょ》、手洗場もととのえた。

解剖された刑死体は、埋葬される定めになっているものの、身寄りのないかれらに菩提寺《ぼだいじ》などあるはずはない。それに罪人の遺体を積極的に引受けてくれる寺があるとも思えなかった。

そのため、大学東校では埋葬地について東京府と緊急に話合いをおこない、谷中《やなか》の天王寺に依頼してみることになった。天王寺は、天保《てんぽう》四年に感応寺から天王寺と寺号を改めた江戸屈指の名刹《めいさつ》で、上野の山にまで及ぶ広大な境内（現谷中霊園）にはおびただしい墓石が並び、江戸後期の仏塔建築様式を代表する風格にみちた五重塔もある。

今後、多数の刑死人の埋葬が予想され、それには他に類のない広い墓地を擁する天王寺に懇請するのが好ましく、しかも天王寺は大学東校から近距離にある。

そのような結論を得た東京府は、天王寺に引受けて欲しい、と要請した。天王寺では、引取り手がなく解剖にふされた刑死人の遺体を葬るのは、仏心にかなうものであるとして快く承諾してくれた。

これによって、本格的な刑死人に対する解剖の態勢はととのった。

十月二十五日、大学東校では、東京府囚獄掛に解剖場の整備が成ったので刑死、獄死いずれでもよくそれらの者の遺体をお引渡しいただきたい、という書面を提出した。東校では、剣、槍《やり》道場の周囲に垣根をつくり、学校関係者以外の出入りを禁じて遺体の下附にそなえていた。

翌日の夕刻、早くも囚獄掛からその日四人の男の処刑が執行され、遺族から引取りの申し出がなければ、翌朝、それらの遺体を送るという連絡があった。いずれも斬首《ざんしゅ》されたという。

夜が明け、学校の事務掛は周囲の垣根に幕を張りめぐらし、内部を見ることができないようにした。やがて大八車で、それぞれ蓆《むしろ》でおおわれた四個の甕《かめ》が到着し、それらが解剖場に運び込まれた。

まず下男たちが甕から一体を取り出し、解剖台に横たえた。首はきれいに切断されていて、体は洗われたらしく血の飛沫《ひまつ》も散っていなかった。

解剖がはじまった。胸部、腹部の臓器が摘出され、膀胱《ぼうこう》、尿道に水銃で水を送り込み、腎臓《じんぞう》、輸尿管、膀胱が一群として剝離《はくり》摘出された。入念に血液が助手によって洗い流され、メスも何度も替えられた。見学者たちの眼には、開かれた人体が光り輝くようにこの上ない貴重なものに映っていた。

その解剖を終えたのは正午すぎで、午後には別の一遺体が開かれ、夕刻になって終了した。その頃には、雨が落ちていた。

翌日には、残された二体の解剖がおこなわれ、それらは甕にもどされた。

次の日は晴天で、大学東校では病院掛が付添い、甕を大八車にのせて天王寺に運んだ。寺では僧たちの読経のもとに懇《ねんご》ろな合同葬が営まれ、甕がそれぞれ墓地に運ばれ、埋葬された。病院掛たちは、寺の手厚い扱いに感謝の言葉を伝えた。

執刀した田口和美は、主宰の佐藤尚中からドイツ医ハイツマンの解剖書をあたえられて知識を深め、解剖にも格段の進歩をしめし、桐原真節もそれに応じたすぐれた説明をした。

月が変るとさらに二体、十一月七日に四体、つづいて十二日には六体の刑死人と獄死者の遺体が大学東校に送り込まれ、解剖がおこなわれた。

刑死人の遺体解剖はいちじるしい成果をあげ、大学東校では、それが刺戟《しげき》となって医学研鑽《けんさん》の気運が一層たかまり、校内は活気にみちていた。

十二月に入っても刑死人の遺体搬入はつづき、七日には五体が東校の解剖所に運び込まれ、ついで五日後に七体が解剖場に入り、さらに十九日以降、五人の刑死人の遺体が開かれた。

十月二十七日以来、二カ月足らずのうちに三十三人の刑死人の遺体が解剖されたのである。

その頃、安政の大獄以来の大獄の処理が、政府の手によって最終段階に入っていた。それは米沢藩士雲井《くもい》龍雄《たつお》とその一党に対する処断であった。

雲井は、弘化《こうか》元年（一八四四）、米沢藩士の子として生れ、同藩の小島才助の養子となって二十歳で家督をつぎ、妻帯した。詩作、文章の才にめぐまれ、奇才として特異な存在であった。

薩英《さつえい》戦争、蛤《はまぐりご》御門《もん》の変、外国連合艦隊の下関攻撃、長州征討など、大激動期にあって、雲井は、慶応元年正月、二十二歳で江戸警衛に派遣された。任期後も江戸にとどまって、考証学の大家安井息軒《そつけん》の門に入って多くの俊秀と交わり、憂国の情熱を燃やすようになった。米沢にもどった雲井は、情勢に即した藩論を定めるべきだと強く説き、藩命を受け探索方として京都に潜行した。

明治元年、薩摩藩が長州藩とともに倒幕の兵を起し、強硬な薩摩藩の動きに反撥《はんぱつ》した雲井は、各藩の代表者に接近して討薩論を強く唱えた。討幕軍が江戸を占拠して東北への進撃を開始すると、雲井は関東に潜入し、さらに東北諸藩によって成立した奥《おう》羽《う》越《えつ》列藩同盟を支持して激しい動きをしめした。薩摩に反撥する諸藩の連合のもとに、江戸を奪回する檄《げき》を発したりした。

やがて維新の戦乱はやみ、雲井は明治二年東京に出て集議院寄宿生に任命されたが、新政府が雲井を危険人物視しているのを察した米沢藩は、藩に難がふりかかるのを恐れてわずか一カ月ほどでその任を解いた。

雲井のもとには、薩摩藩が主導権をにぎる政府に反感をいだく旧幕臣や脱藩浪士たちが集まり、雲井は芝二本榎の上行寺と円真寺を借りてそれらの者を寝泊りさせ、「帰順部曲点検所」という標札をかかげた。帰順とは、雲井らが服従して政府の兵力になるというものであったが、それが容《い》れられた折には政府の武器を手に反乱を起そうと企てていたのである。

早くから政府は、多数の密偵を放って雲井の動きをさぐり、一層嫌疑を深めた。

それを察知した雲井は、政府の警戒をとこうとして決して他意はないことを得意の文章でつづり、陳情書を差し出した。米沢藩も、雲井が罪に問われることで藩に災厄がふりかかるのを恐れ、「格別不審の儀も無《これなく》レ之」という一書を政府に提出した。

陳情書には政府に服従することが明記されていたが、それが不穏な意図を巧みにかくすものではないかという疑念もあって、政府は藩に対して、雲井が集まっている多くの者たちの衣食等をまかなう費用をどのようにして得ているのかをただし、それらの者を藩で引取り謹慎させるよう命じた。これについて、雲井は長文の願い書を書き、巧妙な理論を展開して政府の要求に応じぬ姿勢をとった。

政府は、雲井に手を焼き、かれを隔離すべきだと考え、藩に命じて米沢に禁錮《きんこ》させた。

東京に残された者たちは、挙兵の準備に取り組んで動き、これを政府の密偵が的確につかんで、つぎつぎに逮捕した。かれらの中には拷問《ごうもん》に堪えきれず、雲井が政府顚《てん》覆《ぷく》を企てて不満分子を積極的に集めていたことを告白する者もいて、罪状は明白になった。

政権の安泰をはかっていた政府にとって、叛乱《はんらん》は最も恐れていたことで、便乗者が出ぬよう雲井一党に苛《か》酷《こく》な大獄を起すことを決意した。

雲井は、三十名の兵の護衛のもとに東京に押送《おうそう》され、八月十八日に小伝馬町の獄舎に投じられた。

東京府は、雲井一党の徹底した糾明をおこない、雲井をはじめ六十名を叛乱を起そうとした者として断罪することに決定した。社会情勢の不安で獄舎に多数の捕われた囚人が押し込められていたため衛生状態がきわめて悪かった上に、一党に対する残忍な拷問によって逮捕者六十名中すでに二十五名が獄死していた。

十二月二十六日に判決が下され、党首雲井は梟首《きょうしゅ》、会津藩士原直鐵《なおてつ》以下二十一名が斬首、遠島十年十一名、徒刑三年が二十四名、笞《むち》打ち七十禁獄七十日が三名であった。斬首刑囚のうち七名、徒刑囚のうち十五名、遠島刑囚のうち三名が獄死していた。

処刑は即日執行され、雲井と十四名が首打ち役山田源蔵によって斬首された。斬刑に処せられた者の遺体は、「其親戚《しんせき》ヨリ乞《こ》フモノアレバ下附スルコトヲ許ス」の規則に従って、五個の遺体が断たれた頭部とともに遺族に引渡された。梟首刑は、たとえ「親戚ヨリ乞フモノ」があっても解剖後、野捨てにされる定めになっていて、雲井の斬首された頭部はそのまま小塚原刑場にさらされた。

雲井の遺体は、会津藩士原直鐵をはじめ九体の遺体とともに甕に入れられて大学東校に運ばれた。

雲井とその一党の政府顚覆の企ては、大事件として広く知れ渡り、新聞にもその経過が詳細に報じられていた。東校では、それらの遺体が運び込まれてきたことに極度に緊張した。東京府では、雲井の同調者が遺体を奪う恐れが多分にあると予想し、多くの警護の者を学校に派し、物々しい雰囲気であった。

初めに甕から出されたのは、雲井の遺体であった。

解剖台にのせられた雲井の体がきわめて小柄であることに、見学者たちの顔には一様に驚きの表情が浮んだ。政府顚覆を企てた一党の首魁《しゅかい》である雲井は体軀《たいく》も大きいと予想していたが、体は華奢《きゃしゃ》で肌は白く、あたかも女体のようであった。

体が開かれ、解剖は所定の順序によって進められた。

解剖後、雲井の遺体は、梟首刑の定めによってただちに小塚原刑場に運ばれ、捨てられた。

他の九体の遺体は、つぎつぎに解剖にふした後、谷中天王寺に運ばれ、僧の読経《どきよう》のもとに無縁墓地に埋葬された。

その年の囚獄司から渡され解剖した遺体は、刑死四十九、獄死三の五十二体であった。

翌年も刑死者の遺体八十二体が解剖にふされ、その後も解剖がひんぱんにおこなわれた。

明治五年八月に大学東校は第一大学区医学校と改称され、十二月三日太陽暦が採用されて明治六年一月一日と定められた。

その年の七月九日、ドイツの専門解剖医のデーニッツが来日し、第一大学区医学校の解剖学教授に就任した。

医学校では、死亡率の極めて高い日本特有の脚気《かつけ》病の病因を検索するため解剖を政府に建言し、許可された。

執刀はデーニッツと二年前に来日したドイツ人医師ホフマンが予定され、十一月十二日に脚気病で獄死した二十六歳の男を解剖し、記録した。これが日本での最初の病理解剖で、解剖が臓器を観察することから病因をあきらかにするという、新たな段階にふみ入った。

それから半年後の明治七年五月七日、第一大学区医学校は東京医学校と改称されたが、翌年の二月に学内で画期的な解剖がおこなわれた。

東京府の出納権大属《ごんだいぞく》という要職にある官吏の郷貞一の妻おいね三十八歳は、心臓に異常があって医師の治療を受けていたが効果はなく、専門医の本所亀沢町《ほんじよかめざわちよう》の医師山本少貞の診断を仰いだ。

診療した山本は、おいねが心臓肥大症で、平癒の見込みはないと断定し、それをおいねの夫貞一に告げた。おいねもそれを察し、暗い表情をして黙しがちであったが、数日後、突然貞一に自分が死んだ後、遺体を解剖して欲しい、と遺言した。

東京医学校で解剖学の講座がもうけられていることをきいていたおいねは、自分の死後、遺体を解剖して病原をしらべてもらえば、同じ心臓病にかかっている人たちの治療に効果があるにちがいなく、自分も安らかに死を迎えることができる、という。

貞一は、思いがけぬ妻の言葉に茫然《ぼうぜん》としたが、繰返して頼む妻の熱意に負けて承諾した。しかし、それをきいた親戚の者たちはこぞって強く反対した。死んだおいねの体にメスを入れて臓器を露出させるなどとは、断じて許しがたいことだ、と顔色を変えて言った。

その中でおいねの弟である東京府の官吏武久胤と諫の二人が、姉の遺言は医学の進歩に貢献するもので、尊重してやって欲しいと親戚の者たちを説得した。また、主治医の山本も、病気の状態をあきらかにする的確な方法だと述べ、親戚の者たちもようやく同意した。

貞一は、遺言の趣旨を書面にして東京府を通じ東京医学校に申入れをおこない、医学校では承諾した。

二月十九日、おいねは息を引き取り、翌日、遺体は親族や山本医師の付添いのもとに医学校に運ばれた。

医学校では解剖学教授デーニッツが、教授、学生の見守る中で白布につつまれたおいねの胸部を六寸ほど切り開き、心臓を摘出して検査した。結果は、山本の診断通り重症の心臓肥大で、平癒は到底不可能であったことがあきらかになった。

デーニッツは心臓を体内にもどし、創口《きずぐち》を縫合した。

これは、日本最初の特志病理解剖で、著名な記者である岸田吟香《ぎんこう》は、東京日日新聞に「一婦人死体解剖を希望し　ジョーニッチ（デーニッツ）執刀」という見出しのもとに長文の記事を執筆した。

縫合した折のことについて、

「（解剖後）直に創口を縫ひ合はせ、血は浄《きれ》いに拭《ふ》き取りたれば、只《ただ》一つの赤筋あるのみにて、少しも姿に変り無きにぞ。親類朋友《ほうゆう》を始《はじめ》て、その術の精妙なるに感じ、且《か》つはおいねが願を遂げたるを喜び合へり」

と、記し、おいねの特志解剖を美挙として、

「嗚呼偉哉《ああかな》、おいね婦女ノ身ヲ以《もっ》テ、天下ノ率先トナリ、此難為《このなしがたき》ノ事ヲ為ス、惟《おも》フニ之レ医学ノ歴史上ニ於《おい》テ、決シテ泯滅《びんめつ》スベカラザルノ要件ニシテ、衛生学実歴ノ端緒ヲ今日ニ開キシ者ト云《い》フベシ」

と、最大級の賛辞を寄せている。

日本人医師の病理解剖としては、翌九年四月、語学の天才であり西洋医学に精通した司馬凌海《しばりょうかい》が、愛知県病院医として子宮外妊娠と診断した女の遺体をひらいて剖見し、

その診断が正しかったことを証明した。ついで七月には、結核性腸壁穿孔《せんこう》による腹膜炎で死亡した遺体を病理解剖した。

　このようにして、病理解剖は一般化するようになった。

　東京医学校は、明治九年十一月に本郷の加賀藩屋敷跡に校舎を新築し、翌年四月に東京大学医学部と改称した。

　明治十四年に入って、解剖遺体が千体に及んだので、霊を慰めるため千人塚を建立《こんりゅう》する計画が起り、谷中墓地にその年の十二月十九日に碑が建立された。

　その後、千人塚はさらに二基建てられ、年一回、東京大学医学部の主催で多くの医学部関係者が集まり、しめやかに慰霊祭がおこなわれている。

　遊女みきの解剖の折に説明者となった桐原真節は、東京大学医学部附属病院の初代院長となり、執刀者の田口和美は、初代の解剖学主任教授として解剖学の進歩に貢献した。

# あとがき

日本には漂流の記録が数多く残っており、それに強い関心をいだいた私は、そのいくつかを採り上げて小説を書いてきた。

それらの漂流を年譜にした書物があり、その中に珍らしい記録があるのに注目した。遠島刑になった講釈師が、流された種子島《たねがしま》から三人の流人《るにん》とともに脱島（島抜け）し、漂流したという記録である。

十行ほどの記述であるが、名前、年齢などが明記されていたので、これはもとになる記録が実在すると直感した。

ここぞと思う所を探し歩き、長崎、鹿児島、種子島、山口と旅をして少しずつ記録を見出《みいだ》し、ようやく全容をつかむことができた。それによって書いたのが、「島抜け」である。

主人公にした瑞龍《ずいりゅう》は江戸時代に大坂で講釈師をしていたので、講釈師全般については講談研究に豊かな知識を持つ田邉孝治氏に、大坂の講釈師の生活についてはその方面の研究の第一人者である旭堂小南陵《きよくどうこなんりよう》氏の御教示を仰いだ。記録の発掘については、種子島で鮫嶋安豊、鹿児島市で尾口義男、長崎市で本馬貞夫、山口市で樹下明紀の各氏の御協力を得た。

「欠けた椀《わん》」は、昭和五十九年の「新潮」十一月号に発表した作品である。その後現在まで十六年間、多くの短篇を書いてきたが、すべて現代小説で、短篇集に江戸時代を時代背景にしたこの作品を収録することができず、ぽつんと一作取り残されていた。今回、この作品を創作集におさめることができたことは喜びであると同時に、安堵《あんど》も感じている。

この作品はフィクションで、甲府市の図書館で飢饉《ききん》の古記録をあさった折、流亡する飢民を阻止するため村の入口に「物乞《ものご》い入るを禁ず」という立札を立てたという記録を眼にし、刺戟《しげき》を受けて書いた。

「梅の刺青《いれずみ》」は、明治二年に日本最初の献体をした元遊女をはじめ初期解剖の歴史を主題とした小説である。

元遊女の解剖に立会った医学者石黒忠悳《ただのり》氏の御子孫のもとにうかがい、日記を見せていただいた。そこにはこの解剖のことが記され、遊女の腕に梅の小枝の刺青が彫られていたという記述があり、それに衝撃を受けた。さらに以前から関心をいだいていた元米沢藩士雲井龍雄が、同じように解剖に付された事実も知り、創作意欲をいだいて筆をとったのである。記録については、前日本医史学会長の故小川鼎三《ていぞう》氏の研究を基礎に、現会長酒井シヅ氏の御教示をいただいた。厚く御礼申上げる。

吉村　昭

# 解説

大河内昭爾

『私の文学漂流』（新潮文庫）は作者の文学自伝である。この作者には漂流ということばへのひとかたならぬ執着がみえる。漂流民、流人《るにん》、逃亡者、さらに脱獄者といった人々を主人公にした題材が多い。『島抜け』もまたその一つである。

〈漂流〉に心を傾ける作者の心底に何があるのか。若い頃、胸郭手術で死線をさまよった経験も思いうかぶところだが、敗戦に遭遇した十代後半の底の抜けたような体験は何も作者だけに限るわけではない。それでいて作者の鋭敏な触覚の行方が気になるのは、物語を求める作家としての自然な欲求とのみいいきれないからである。すでに資質のごとく身にそったもののように私には思える。雑誌（「季刊文科」22号、北溟社）での対談で、江戸時代、漂流民が海外から帰国した場合の吟味書が百前後あって、その中から題材を選んできたと語っている。作者の人間探索の執念の容易ならぬ様子は、『島抜け』でもうかがうことが出来る。

日本は島国だけに漂流の記録は多い。その中で講釈師が三人の流人とともに脱島したという十行ほどの記述に作者は注目した。名前、年齢などが明記されていたので、これはもとになる記録が実在すると直感して、長崎、鹿児島、種子島《たねがしま》、山口と旅をして、ここぞと思う所を探し歩く。そしてようやく全容をつかんだと「あとがき」にしるしている。そこにこの作者ならではの探索の苦労を経て『島抜け』は脱稿された。鹿児島で出会った資料からたどって、次に種子島に問いあわせると、脱島の事実はないという。しかし確信のある作者は種子島にわたって、そこで舟を盗まれて処分をうけたという書きものを発見し、これをきっかけに、四人の島抜けの事実をつかむ。

この史実への忠実さという細部へのこだわりから生じる抑制された文章こそが吉村作品の世界である。読者をひきこむ巧みな話の運びながら、よみものと峻別《しゅんべつ》される作者独自の彫りの深い陰影を残すゆえんであろう。

大坂高津町在住の講釈師瑞龍《ずいりゅう》が入牢《にゅうろう》した折、他の囚人と異なった雰囲気に興味を持った牢名主に名を問われて彼が芸名と職業を口にしたとき、牢内をはじめ他の牢にも波紋のようにひろがった驚きは、講釈師としてすでに名が高く、軍談を得意としていることが知られていたからであった。作中、講釈場の描写はとりわけあざやかで、寄席《よせ》好きの作者らしい歯切れのよさだった。大坂冬の陣、夏の陣をあくまで徳川側から描いた講釈本「難波《なにわ》戦記」を瑞龍は事実に重きをおいて読みかえ、真田《さなだ》幸村《ゆきむら》の茶臼山《ちゃうすやま》の急襲などを巧みに語って豊臣びいきである大坂人の人気を博したのである。しかし不運にも大塩平八郎の乱などを契機とした老中水野忠邦《ただくに》の史上有名な天保《てんぽう》の改革に遭遇、摘発の功を競い合う同心の網にかかって捕らえられた。そして遠島刑という思いもかけない厳刑に処せられたのだった。時代の流れのきまぐれが一人の芸人を完全に押しつぶしていった。

流刑地種子島に十三人の同囚とともに送りこまれた瑞龍の苦悩や、島での野たれ死にしか予想できない人々の絶望的な暮らしぶりも地道にえがかれる一方、大坂の講釈場にかかげられた瑞龍と朱書きされた角行灯《かくあんどん》が常に彼の胸から消えることがない様子も描かれている。たまたま魚釣りに出かけた瑞龍と三人の仲間が、岸につながれていた舟に櫓《ろ》が残されていたのに誘われて、海上での釣の誘惑に抗しきれず禁制を破って舟を出した。しばらく釣に夢中になっていたが、幸吉という男が突然顔一面に汗を吹き出して激しいふるえをおこしながら、「このまま島抜けをしてもらえまいか」と、しぼり出すような声をあげた。そして島での明け暮れの苦痛を堰《せき》を切ったようにしゃべり出して、涙を流して島抜けを訴えた。重苦しい沈黙ののち一人が「やるか」と答えると、瑞龍の体はいきなり瘧《おこり》のようにふるえ出した。この緊迫したシーンはあざやかである。偶発的に実行に移された自然さがかえってリアリティを生んでいる。四人はくりかえし危機に出会い、飢餓にさらされながら中国へ漂着した。そして中国の船便によって、ようやく長崎へ帰国する。

ところが、長崎奉行所に前科をかくし名前を偽って申告したばかりに、それぞれの郷国から迎えを呼ぶ手配がすすめられた。思いがけぬ成り行きに露見をおそれた四人は、さらにまた脱獄の罪を重ねる。ここに至る刻一刻の描写は息のつまるおもいがするが、三人と別れたあとの瑞龍の単独行がまた興味深い。

追手を怖《おそ》れて人目に立つ名主の家など避けて、小さな民家での講釈にささやかな人気を集めながら逃避行をつづける瑞龍の要心に要心を重ねる心くばりは、作者の慎重な筆のすすめ方に見事にうかびあがってくる。エトロフ島でロシア艦に捕らえられ連行された、同じ作者の『北天の星』の五郎治のシベリヤ脱出行という冒険譚《ぼうけんだん》のごときおもむきとことなり、瑞龍の逃避の旅は日常的なだけにつねにおびえをともなっていて、作者の描写は益々《ますます》きめこまかくなってくる。

作者の繊細な資質はつくりものでない表情を作品に与える。島抜けという重すぎる事実の結果、漂流の運命が待ちうけ、その果てに島抜け同様の脱獄を重ねる非運に見舞われる主人公に、作者の筆は漂流に傾斜する作者の虚無をふまえ、終始緊張のうちにその刑死までを描いて、さいごまでまさに一行のたるみもない。

「欠けた椀《わん》」は「新潮」昭和五十九年十一月号に発表された短篇で、これまでの多くの短篇集はすべて現代小説だったため、江戸時代を背景としたこの作品を収録出来ないできたのが、「島抜け」と併載することでようやく所を得たと作者は「あとがき」によろこびをのべている。作者の歴史ものにしては珍しくフィクションで、甲斐《かい》の国を襲った異常な凶作に幼児を失ったあげく村を見捨てざるを得なかった男の、妻を失うまでのそれこそ極限状況の悲劇を冒頭から結びまで、満を持したように描き切っている。親類、縁者の援助もなく窮地に立たされた状況を見極めた上での、代官所の「夫食《ふじき》貸し」や、働こうにも仕事がなく、いたずらに食物を消費するのを理由にした「嫁の里追い」、そして領民の動揺をふせぐ手段として飢えをしのぐ食物の調理法を代官所は触れ書にして配付し、大きな馬が常食としている藁《わら》の食用をすすめる藁餅《わらもち》などの記述に、当時の農村のしきたりや事情がしっかりととらえられている。フィクションとはいえ短い中に凝縮して造型された時代が感得されるのである。

川端康成『伊豆の踊子』の「物乞《ものご》い旅芸人村に入るべからず」としるした村の入り口に立つ札は、踊子たちの状況を無言に示唆《しさ》することばとして作品の彫りを深くしていたが、「欠《き》けた椀」の「物乞い入るを禁ず」の一行は非常時の過酷さを剝《む》き出しにしている。作者は飢饉《きん》の記録の中に流亡する飢民を阻止するこのことばに出会って刺戟《しげき》をうけて筆を執ったという。

さいごの「梅の刺青《いれずみ》」は冒頭、刑死の人間でなく生きた人間が、それもかつて幕府で化学教授方をつとめた士族が、自ら死後「解体」の願書を「大病院」に提出したという、当時にあっては前代未聞《みもん》の出来事から筆をおこしている。解剖を待望している関係者すらその対応にとまどう様子に加えて、希望者が出たとしても親類縁者ことごとくがはげしく異をとなえる世相を事例にあげて紹介している。さらに磔刑《たっけい》の罪人を斬首《ざんしゅ》刑に変更してもらって内臓を傷つけないで遺体をひらくといった当事者の苦労も伝える。それら日本の解剖の一段階一段階を克明に描き、それにたずさわった人々の状況が微細につづられて、容易ならざるその歴史が感銘深く語られている。息をのむような献身的で真剣な当事者たちの様子は、一種の感動をもって読むものの心をとらえる。歴史的に著名な『解体新書』の刊行もその一例であり、万延元年お玉ヶ池種痘所が幕府直轄《ちょっかつ》となり西洋医学が事実上公認されると、初代頭取大槻《おおつき》俊斎《しゅんさい》は「解体の儀は西洋医学術の基礎」であるとして刑死人の遺体のさげ渡しを上申して徐々に道がひらかれていく。医学に限らず、われわれはこのような紆余《うよ》曲折の歴史を経て現在をむかえているという当然な事実に、いまさらながら気づかされるのだ。

この物語は現在当然なこととしてうけいれられている事柄も、旧習を脱し、多難な障碍《しょうがい》を経て成就《じょうじゅ》されたのだという事実を力強く示唆していた。人間の生命にかかわる医学上のこと故《ゆえ》、いっそうその感を深めるのである。

はじめは刑死人と、施療院《せりょういん》である黴毒院《ばいどく》の死期をさとった患者のみが解剖の対象であった。なかでも安政の大獄以来の処断によって刑死した、藤沢周平の長篇『雲奔《はし》る』の主人公である米沢藩士雲井龍雄《くもいたつお》の解剖もきわめて印象的に描かれている。ちなみに『雲奔る』には解剖の記載はない。「梅の刺青」には、

「解剖台にのせられた雲井の体がきわめて小柄であることに、見学者たちの顔には一様に驚きの表情が浮んだ。政府顚覆《てんぷく》を企てた一党の首魁《しゅかい》である雲井は体軀《たいく》も大きいと予想していたが、体は華奢《きゃしゃ》で肌は白く、あたかも女体のようであった。」とある。作者は些細《ささい》にしてもこういう特異な話題をみのがさない。

〝生きては苦界死しては浄閑寺〟とうたわれたいわゆる投げ込み寺で遺棄される運命の遊女が、解剖によって病院側の手で丁重に葬《ほうむ》られると聞いて、自ら希望するものが出てくる。みきという三十四歳の元遊女は重症の梅毒のために死をまぬがれぬとあって、説得をうけて解剖に応じた。明治二年、日本最初の献体である。その遊女の腕にあった刺青が作品のタイトルになった。


（平成十四年八月、文芸評論家）

この作品は平成十二年八月新潮社より刊行された。

## 新潮文庫の新刊

乃南アサ著
家裁調査官・庵原かのん
家裁調査官の庵原かのんは、罪を犯した子どもたちの声を聴くうちに、事件の裏に潜む問題に気が付き……。待望の新シリーズ開幕！

燃え殻著
それでも日々はつづくから
きらきら映える日々からは遠い「まーまー」な日常こそが愛おしい。「週刊新潮」の人気連載をまとめた、共感度抜群のエッセイ集。

松家仁之著
火山のふもとで
読売文学賞受賞
若い建築家だったぼくが、「夏の家」で先生たちと過ごしたかけがえない時間とひそやかな恋。胸の奥底を震わせる圧巻のデビュー作。

岡田利規著
ブロッコリー・レボリューション
三島由紀夫賞受賞
ひと、もの、場所を超越して「ぼく」が語る「きみ」のバンコク逃避行。この複雑な世界をシンプルに生きる人々を描いた短編集。

藍銅ツバメ著
鯉姫婚姻譚
日本ファンタジーノベル大賞受賞
引越し先の屋敷の池には、人魚が棲んでいた。なぜか懐かれ、結婚を申し込まれてしまい……。異類婚姻譚史上、最高の恋が始まる！

沢木耕太郎著
いのちの記憶
―銀河を渡るⅡ―
少年時代の衝動、海外へ足を向かわせた熱の正体、幾度もの出会いと別れ、少年時代から今日までの日々を辿る25年間のエッセイ集。

# 島《しま》抜《ぬ》け

新潮文庫　よ－5－44

平成十四年十月一日　発行
令和七年一月三十日　七刷

著者　吉《よし》村《むら》昭《あきら》

発行者　佐藤隆信
発行所　株式会社　新潮社
郵便番号　一六二―八七一一
東京都新宿区矢来町七一
電話　編集部（〇三）三二六六―五四四〇
　　　読者係（〇三）三二六六―五一一一
https://www.shinchosha.co.jp
価格はカバーに表示してあります。



印刷・大日本印刷株式会社　製本・株式会社植木製本所



ISBN978-4-10-111744-7 C0193